虹む街

Nijimu-machi

タニノクロウ

白水社

目次

カバーデザイン　吉岡秀典（セプテンバーカウボーイ）
イラストレーション　森泉岳士

虹む街

登場人物

男
女
スナックのママ
老婆
もう一人の老婆
ベトナム料理店　クァック・チェック・ビン
　　　　　　　　グェン・ヴァン・リン
中華料理屋　父　張家宝
　　　　　　母　黄神美
　　　　　　娘　皓然
フィリピンパブ　店長
　　　　　　　　嬢　アンジェラ
　　　　　　　　ママ　ベロニカ
おっさん
車椅子の女
若者
男に似た男

Hold me tight
横浜ベイブルース
ロマンスの街を抱きしめて

劇場のある二つ手前の駅に降りると、妙に街が蒼く色づいて見えた。去年から鬱蒼とした気分が脳幹にまでへばりついていたのは確かだったがそのせいだろうか。海が近くにあるからではないだろう。三ノ宮や中洲、台湾の高雄《カオシュン》でもこれほど蒼く見えることはなかったのだから。それにこの街の海はどす黒かった。海に流れ込む小さな川も黒かった。この蒼はきっと空から来るのだろう。気分がそうさせていないと思い込むことにする。だが、街のネオン看板の色づきは発色豊かに鮮やかに見え、暗闇の中でも人の顔がよく映えて、霊も見えているような気がした。やはり気分がそうさせているのか。久しぶりの観劇だ、こうなることは仕方のないこと。ただ今日はこれ以上自分に深追いしたくはない。「ポツリ」思う程度で良い。でもほら、やっぱり思い出すことになる。二十年も前の恋だ。短い恋だった。

これ以上に忘れやすい恋もないほど短かった。瞬間的な熱量の高さが短いものにしたわけではない。雑で質の低い恋愛だったな。どちらが悪いわけでもない。お互い金がなかったから、仕方なかった。悲しい過去のある人だったが、気にも留めず肉欲だけに従って付き合っていた。結局それ以上に求めることがなかった。今は人間として少しはマシになっただろうか。

深追いしようとする自分を振り払うように歩みを進めると、賑やかな飲み屋街が見えてくる。この辺りはよく訪れたことがあるから土地勘は十分ある。若者たちがテラス席で楽しそうにお酒を飲んでいる。梅雨の時期だがまだ肌寒く中年の私には真似出来ない。東京はこの数ヶ月でテラス席が急増したのだと新聞に書かれていた。元々は夏季オリンピックを盛り上げるための規制緩和策として発案されていたが、現在はウィルス対策として、そうせざるを得ない。結果全ての都府県で同様の政策が実装された。どの店も見様見真似のＤＩＹで、不恰好なテラス席だ。用心しないと、この梅雨で床板が腐りそうな気がする。

開演まで十五分ほど時間があるから、もっと古そうな、暗い路地に入ってみた。小さな個人店が立ち並ぶ多国籍な空気の漂う路地だった。危険な匂いが魅力的に感じる路地だ。多彩な言語で描かれた看板に光は灯っておらず、先程の飲食店街と打って変わって影を落としていた。見上げてみると上空には沢山の電線が横断している。もう必要なくなったのか、去年の巨大な台風の被害か、何本も断線している。一軒の中華料理屋の中を覗いてみたが誰もおらず、大量の郵便物が店内に散乱しており、店先の「歓迎光臨」と書かれた看板が寝落ち寸前の瞼《まぶた》ほどのスピードで明滅していた。

　十年後、二十年後、この辺りはどうなっているのだろう。九龍城《クーロン》みたいになるのか。アーティストたちが占拠するのか。その先は？　サイバーでパンクな未来が待っているのか。さらにその先は？　野生の動物園になるのか。今は忘れられた街なんだな、ここは。ところで幸せとは何ですか？　私の人生でははっきりしないものだったな、と思うとまた歩くことを止めそうになる。いや、観劇自体を止めたくなっているのかもしれない。「クライスラー」というバーがある。安いバーボンでも引っ掛けていけば、もう少しマシな状態になれるかもしれないな。なんて発想が頭に浮かんでくるのは海のせいか。いやきっと土地柄、サザンオールスターズのせいだな。サザンはあんまり酒の匂いはしないか。じゃあなんだろ、結局久しぶりの観劇に緊張しているのか。だったら可愛いな。答えの出ないまま、ぼうっと歩いていると、何年も放置されほとんど溶解している段ボール片に足を滑らせ転倒しそうになる。潰れたての韓国料理屋の前はまだヌルヌルしていた。

劇場の入り口に到着した。開演まで八分ある。はす向かいのローソンで一服するかと思うがやめておく。喫煙室に三人先客がいたからだ。一応気にする癖は残っている。劇場に次々と人が入っていくのが見える。

劇場は多様な人々、多様な文化を受け入れてきた。と思いたいから思うのだが、実際は知らない。本当は良い加減な建物で、ただ図体のデカい、トロくて、古いデクのぼうじゃないか。デクのぼうが大きく欠伸《あくび》に似た口を開けている。それが入り口だ。どこの劇場に行ってもそう感じる。劇場のことを思うとき必ず「雨ニモマケズ」を思い出す。あっちのデクのぼうは動くが、根っこは一緒な気がする。だから良いんだよ。二十年も前の良い加減な恋を思い出したのは、きっと二十年間そんな劇場を信じ続けたからなのかもしれない。劇場の「ユルさ」を信じて、愛してきたのだと思う。そんな風に思える自分はちょっとだけマシな人間だろう。愛を忘れてはいけない。それだけが人生の意味だろう。

まぁ良いや、と中に入る。公演会場は二階にある。エスカレーターを上がる。駅のエスカレーターと違って足を動かして登る気にならない。えぇと、五分前、急ぐ時間でもないな。財布は背負ったバックパックの前ポケットに入っていることを思い出し、エスカレーターを降りる寸前で背中からクルリと反転させ取り出す。受付で代金を支払い、予約していたチケットをもらい、係の人に見せて場内へ続く通路へと歩みを進める。ふぅ、演劇ってやっぱり面倒。そして、ちょっとチケット代高いよな。観に来る人はきっとそれなりに金に余裕あって、金あるやつはそりゃあ優しいよな。なんて思うのは自己矛盾だな。

薄暗い場内に入ると、街があった。寂れた街の一角が巨大なセットとして再現され、黄金色《がねいろ》の照明が寂しげに影を落としていた。並ぶ店は全て店内の電気を落として閉まっているが、中央にあるコインランドリーは店内がぼんやりと見えていた。この街は蒼くはないんだな。やがて眼が慣れてきて詳細が確認出来る。スナックや中華料理屋、タバコ屋にマッサージ店、どこの言語なのか見慣れない文字の看板が並んでいる。歓楽街、飲み屋横丁、「夜の街」といったところか。だからコインランドリー以外は寝静まっているように灯りが消えているのか。いや黄金色の照明だから夜ってわけじゃないのかな。写実的なセットに間違いないが、全体は灰白色《かいはいしょく》で、埃が被ったような汚れ具合。でもそれは照明のせいか。そういう塗装とデザインなのか。まるで黄砂で覆われた街のようだ。

時計を見ると上演時間を二分過ぎている。もう始まる時間だろう。スマートフォンの電源を落とす。さらに一分過ぎて、スマートウォッチに気づき慌てて電源を落とす。ようやく準備が整う。意外と落ち着いている。観始めるために眼を閉じる。瞼の裏と網膜の二重のスクリーンが立体映像を浮かばせてくれるだろうと思ったのは、すでに生の舞台は情報量の多さに圧倒されているから。いや、もうすでに眠いから。ちょっと疲れたな。[illegible]きすぎたのかな。それにしても観客は皆寝ているように静かだ。さっきから隣のおっさんはすでに寝ているように動かない。影響されるからちゃんと眼を開けていろよおっさん、頼むよおっさん。

二分ほど経ったろうか、コーヒーの匂いがあたりに漂ってくる。ゆっくりと瞼を開ける。開演した。

ママは夢を見る

コインランドリーの隣に、「ルビィ」と看板に書かれたスナックと喫茶店が一緒になっているお店がある。昼は喫茶店として夜はスナックとして営業している。外にはランチのメニューを宣伝する手作りのホワイトボードが掲げられている。メニューは二種類の揚げ物定食のみで、この日はミックスフライ定食とイカフライ定食だった。コーヒーとデザート付きで、デザートと書いてある下に小さく「スイカ」と書いてある。店の扉と窓はステンドグラス調に見えるが、ママが昔自分でやったもので、単にガラスにカラーフィルムを貼り付けただけの安っぽい手段を取っている。扉は緑や赤が混ざった、よく言えば幾何学模様にも見えなくはないが途中で面倒になっただけだろう。

緑色の部分から外を眺めるママの顔が見える。入り口の扉が開き、コーヒーを片手にママが外に出てくる。窓の縁にカップを置いてタバコに火をつける。一口二口タバコを吸うとホワイトボードをひっくり返す。今日の客はランチに一人だけだった。毎日来る同世代で近所に一人暮らしをしている「かよちゃん」。十一時五十五分に来た。彼女に揚げ物を食べさせるのは重いからイカを塩焼きにしたものにサラダとスイカを出した。入店時に「いい天気で」「そうねぇ」とだけ言葉を交わし、食事をしている間はワイドショーを見て小言を言い合う、そんな生存確認のような時間だった。ママはそれ以外客を見込めないと早く店を閉めた。店を閉めたというより気持ちを下ろした。客が来なくてもため息も出ない。疲れてもいない。座りすぎたからお尻は少しだけ痛い。立っていたのは調理中とコーヒーを出す時だけだったから。

　地毛であることが自慢の茶色く波打つロングヘアー。週に一度はパーマ屋で綺麗にしてもらうのが習慣だ。夜の女に変わることに嬉しさを感じている。これは歳月を重ねても変わらない喜びだった。昔は芸妓のように自分を思った節もあったが、芸なんてない。楽器も出来ないし、歌も特段上手いわけじゃない。客が歌うカラオケに合いの手を入れる「バッチリじゃん」「バッチリよ」の言い方とタイミングには自信あるかな。そんな程度だ。

ヤクザとだけは付き合わないようにしてきたから恋愛も平凡、だから人生相談されても大したアドバイスは出来ない。

ママは用事を思い出そうとゆっくり東の空を見上げた。今日は夜の営業前に焼肉に行くことを約束していた。常連客で印刷会社の社長がご馳走してくれる。いつもそんなに食べられないのにたくさん注文してしまう社長を少しだけ可愛いと思ったこともあったが、恋に発展することは初めて会ってから十二年間一度も無かった。きっと悪い人ではないけれど、顔がタイプじゃないの。

店内に目を向けるとワイドショーは同じ話題をまだ続けている。焼肉を食べに行くまでソファに横になればいい。そうすれば腰の痛みも幾分か和らぐだろう。食欲もその頃には戻ってくるだろう。場所は確か「新関内苑《しんかんないえん》」だったかな。だったら二階の窓際を予約していて欲しい。彼の退屈な自慢話から少しでも気を逸らすには外を歩く人を見るのが手っ取り早いから。そう思いながら痩せ細った指でランチメニューが描かれたホワイトボードを下ろす。タバコはまだ半分過ぎたあたり。視線を落とすと、入り口の観葉樹の鉢に泥が付着しているのを見つける。履いていた草履で削り取ろうとする。もちろん取りきれない。取り切ろうとも思っていないからすぐに止めてコーヒーとタバコを口にする。

「虹む街」という題字が街並みに紛れるように大きく浮かび上がって、消えていく。大きい文字だが、ゆっくりと出現してゆっくりと消えていく。そして、ただコーヒーを飲んでいるだけの老婆。なんだか時間が引き延ばされていく感覚に陥る。
照明の変化も一昔前アインシュタインの髪型を真似た脳科学者が考えた「アハ体験」ほどにささやかな変化なのだ。気づいたのが奇跡のようだ。しかしこれが続くとさらに眠たくなりそうだ。舞台上の老婆も眠そうに見える。

ママは店内に戻る。店内に入ると洗い残していたかよちゃんの食器を洗う。イカを乗せていた一枚の大皿とサラダ用の小さな容器、スイカを一欠片《かけら》乗せていた小皿くらいですぐに終わる。タオルで水気を拭き取ってカウンターの上に重ねる。どうせまた明日も同じものを使うからこれでいい。エプロンを外して綺麗に畳み、それはカウンターの下に隠す。これからはスナックの時間だから店内に昼の匂いは無い方が良い。一昨日行ったばかりで、週に一度と決めていたけど、今日美容院に行こうかしら。ふわりとした髪には匂いがつきやすいから焼肉の後が良いかしら。それなら店を開けるのを一時間遅らせればいい。

どうせ早い時間は社長以外来ないから。社長はどこかで飲ませて待たせておけばいいわね。さて、どうしよう。少し眠くなって来たからテレビを消す。そこで初めてテレビと同時に有線をかけていたことに気づく。有線の親機に行くまでが面倒だからそのままにしておく。三十分ほどで勝手に目が覚めるよ。ママはすぐに入眠した。

二十五分経ち、やっぱり目が覚めた。夢を見た。きっと夢を見ていた。だって心臓が強く拍動しているから。でも嫌な夢じゃなかったと思う。すごく昔の、ずっと若い頃の 何か。場所は、きっとデパートの屋上。学生服売り場を横切って階段を登るとその屋上にたどり着いたような気がする。それ以外がぼんやりとしている。屋上の広場に出る前、たくさんの水槽が並んでいて、熱帯魚や金魚が中にいたような、金魚の水槽は決して綺麗ではないものだったような……深緑の苔がこびりついた水槽に赤い金魚がいて……青白い蛍光灯が天井と床に無造作に置いてあって……いや、それは実際知っている若い頃住んでた田舎のデパートのこと。やっぱり思い出せないわ。でも、大丈夫、大丈夫、きっと良い夢 元気になる夢。それだけ思って立ち上がる。立ち上がっても特別やることはない。お尻の痛みが依然続いていることだけ確認してまたソファーに座り直す。一分ほど壁紙の模様を見続け、ママ「コーヒーか」

と呟き、カウンターの中へ行く。コーヒー豆を挽きだす。少し多めに、今日の夜誰かが飲むかもしれない。それを終えると焼肉屋に行く分、仕込み時間をロスしてしまうから何か準備しておこうかと思うが、

ママ「誰かに求められているわけでもないじゃない」

心の声が出た。外に出て看板に灯をつけ「喫茶」と書かれた部分を段ボールで隠す。「○時に戻ります」の空欄にしばらく考えてから7という数字を書く。少し肌寒いからカーディガンを羽織って出ていこう。焼肉の匂いが多少付くのは仕方がない。戻ったら「バッチリ」変身するから。鍵をかけて店を後にする。好きでもない男に会うのも、美容院も、どっちも楽しみだわ。

街の片隅の僅かな出来事に気を取られていた。あらためて空間全体を眺める。今度の「アハ体験」的な照明の変化はしっかりと分かる。その変化に気づけて少し嬉しかった。

空間の表情が変わっていくとコインランドリーに人影が見えてくる。その人はスツールに座っている。ずっといたのか、全く気が付かなかった。照明は先ほどと違っているように感じるが、気のせいかもしれない。あまりにも僅かな変化が連続しているのだ。

ずいぶん長く時間が経った気がする。僅かに洗濯機が回る音が聞こえてくる。時計回りと反時計回りを断続的に繰り返す小気味いい聞き慣れた音だ。周りが静かになったから聞こえてきたことに気づく。音も「アハ体験」的なのか、これは眠気との戦いだな。勢いのある脱水の音が緩やかになり、終わりを知らせる電子音のあと洗濯機の動きが止まる。次いで乾燥機が回っている音がする。これも洗濯機が終わったから聞こえてきたのかもしれない。ずっと回っていたのだろう。微動もせずに座っている人影がそう思わせる。少しだけコインランドリーの内部が明るくなっていることに気づく。

「虹む街」の「虹む」は「滲《にじ》む」だろう。滲むという言葉は「ゆっくり混ざっていく」「境目がなくなる」という意味や響きを感じる。この数分間続いていた変化にすでに「滲み」を感じさせられていた。きっと見落としたが、すでに無数の「滲み」が空間にあったのだろう。

はっきりとコインランドリーの内部が見えてきた。次いでコインランドリーの匂いが立ち込めてくる。先ほどまでのコーヒーの匂いにかぶせて、衣類に付着した柔軟剤が熱せられて放つ独特の匂いは鼻に触れる。当然、化学物質の匂いだが、なぜか草原やお日様を思い起こさせる。不思議だ。さらに鮮明に見えてくる。照明の変化についていけている。またはコントロールされている。

小さな飲食店街には不釣り合いに大きなコインランドリーだ。そして座っているのは髪の長い中年の男だ。

男はタオルを畳む

男は座って、忙しく回転する洗濯機を眺めている。テーブル上にはアドバルーンのように丸々と膨《ふく》らんだ風呂敷が置いてあり、中には桃色のハンドタオルとバスタオルが詰め込まれている。タオルたちが洗濯を待っていると思うと少しだけ同情する。

洗濯機は五台、乾燥機は十台ある。男はこのコインランドリーに二十年以上通っている。

その間に洗濯機五台のうち三台は故障し、乾燥機十台のうち四台が故障した。しかしそれらは修理されないまま今も並んでいる。首を小さく動かして故障したものの台数を数える。これも二十年続けている。最近はようやく乾燥機を数えている途中で馬鹿馬鹿しくなっていることに気付いた。しかし止められない。そんな自分に嫌気を感じている。だから最後の三つを数えるときはもう乾燥機を見ていない。楽しいわけじゃないが、この習慣を無くすのは惜しいとも思える。だからといってこの世界が好ましいものだとまで飛躍はしない。

男はあと数十秒で一度目の乾燥機は終わると感じ、三番の乾燥機の前に立つ。数秒後に乾燥機が終わる。扉を開けて中にあるタオルを全てカートに移すと桃色の山が出来る。扉を閉めてカートを押し、テーブルの方まで行く。テーブルの上にその桃色の山を移動させる。カートに残った数枚は別で持ち、それらは最初に畳むものにする。

しばらくタオルを折り畳む作業を続けているともう一つの乾燥機が終わりを知らせる。男は畳む手を止め、同じカートを押して乾燥機の方に移動する。扉を開け、中から大量の青いタオルを取り出しカートに乗せテーブルに戻る。桃色の山と青色の山。男は黙々とタオルを折り畳む作業を続ける。最初に数枚桃色のを畳んで、その枚数分青色を追いつかせるといった具合に交互に折り畳み、重ねていく。

ふと男の手が止まる。今までそんなことは一度もなかったのだが、その二色が溶け合い紫色に見え出している。気持ちはやや揺れた、喉が鳴る回数が増え、口が少しだけ乾いた気がする。少なくともこれは幸せなことではないだろう。

気を紛らわすようにしばらく作業を続けていると、青い方のタオルに濡れている部分があることに気付く。男はランドリー内に備え付いているアイロンを用意して電源を入れる。発熱するまでの間、タバコを吸う。時折手のひらで温度を確かめる。熱が十分と感じ、咥《くわ》えタバコのままアイロンをかけ、乾かす。他のタオルが乾いているかを簡単に確かめる。どうやら大丈夫なようだ。アイロンを元の場所に戻す。

女はチーズバーガーを食べる

片足の具合が悪い、傘を杖代わりにして歩く女が現れる。片足の具合が悪いが、傘が無くても歩ける。女はコインランドリーの中に入ると、その傘を使い洗濯機や乾燥機を叩いて回る。一つ一つ調子を確かめるように叩いて回る。その「点検」が終わると、ホットスナックの自動販売機の前に立つ。女はたくさんの鍵束を腰にぶら下げている。その中から一つを選び、ホットスナックの自動販売機の鍵穴に入れる。自販機を開け、小銭箱から三百円を取り出す。小銭箱を戻すときの音にさほど中身が入ってないことが分かる。女は自販機を閉めて改めて三百円を投入し、チーズバーガーを選ぶ。出来上がるまでの三分間はデジタル文字盤のカウントダウンをただ見つめる。チープな電子音を立てて箱に入ったチーズバーガーがコトンと落ちてくる。女はそれを素手で摑もうとするが、人間が耐えられる範囲を軽く超えた熱さだ。一旦は箱を取り上げるが、熱さに耐えられずにすぐ床に落としてしまう。指先を駆使してなんとかテーブルまで運ぶ。箱を開けると高温の蒸気が指先を襲う。銀紙に包まれたチーズバーガーを出すまでの長い格闘を経てようやく対面するが、そのチーズバーガーが一番熱い。チーズバーガーが熱いから銀紙が熱く、だから箱も熱いのだ。

今まで何度もこれを繰り返してきた。素手で食べることにこだわりはあったが攻略しようとすれば出来た。例えば、箱からバーガーを出し、少し待つ。温度の下がった箱を使って銀紙を開ける。バーガーを露出させてもう一度箱に入れる。その時に箱とバーガーの間に空間を空けて挟めば簡単に持つことが出来る。しかしそうはしない。そう出来るなら、少しばかり人生は違ったものになったかも知れないと思うが、後悔はしていない。

女は一口大に指でちぎろうとする。少し切れ目を入れては手を振って冷やし、また少し切れ目を入れるといった感じだ。しばらくの奮闘の後、ようやく一口大にちぎれ、口に入れる。一口大といっても、うずらの卵程度の大きさなので口に入れてもさほど熱くはない。咀嚼は簡単だ。だが、ちぎる時はやはり熱い。同じ作業を繰り返しながらチーズバーガーを食べ進める。三口目で女は喉が渇きドリンクの自動販売機の方に行く。ディスプレイ部分の上段に同じ銘柄のチューハイ二つと下段に同じ銘柄のビールが二つのみの細長いものだ。女は鍵を使って自動販売機を開け、小銭箱から三百五十円を取り出し、小銭を再度投入し、チューハイを選ぶ。プルタブを開け一口飲みながらチーズバーガーのところに戻る。

また一口放り込んだところで女は急にあたりに注意を払う。耳を澄ませるため咀嚼のスピードを緩める。それでも分からないので逆に咀嚼スピードを上げて口腔内を空にしてから再度耳を澄ませる。洗濯機の一つが水漏れしている。

女はモップとバケツを持ってきて水を拭き取る。モップの伸び切った筆先が、ペッチャペッチャとだらしない音を立て、この一連の怠惰な時間を一層際立たせる。三、四度繰り返すと綺麗に拭き取れる。モップとバケツは元あったところに戻す。

女はすでに食欲を失った。冷めたハンバーガーを惰性で一口食べ、残りは箱に戻すとタバコを吸いだす。三、四口吸ったら揉み消す。吸い殻はすぐには捨てずそれを使って灰皿の上の細かい灰を簡単に掃除してから捨てる。
女はチーズバーガーの箱の裏面に書かれた商品説明欄をブツブツと読みだす。

女「古い」

またしばらく読み進め、

女「これ古いわ」

と言ってゴミ箱にチーズバーガーを捨て、コインランドリーを後にする。

男はタオルを畳み続ける

カタンカタンと乾燥機の一つが異音を立てだす。男はすぐに気づき見にいく。中に入っているのは自分のものではないが、そのままにして乾燥機が壊れても困る。中を覗くとスウェットパンツの紐の金具がドラムの内壁を叩いている。男は中で暴れ回る紐を目で追うことはしない。焦点は乾燥機の丸い覗き窓に映る自分の顔に合っている。しばらく自分の顔を見つめてからテーブルに戻りタオルを折り畳む作業を再開しだす。

乾燥機の丸い覗き窓に男の顔が残っている。男はすでにテーブルのところにいる。丸い乾燥機の中に映る男の顔は少しだけ微笑んでいる。

不意に現れた心霊現象的な演出に少し驚いた。なんだっけ、あの古代石像の顔に似ている。アルカイックスマイルか。スマホを取り出し詳細を調べたいけどやめておこう。とにかく微笑みの種類はそんな感じ。これまでどの登場人物も表情が乏しかったただけに生気を感じる。

すぐにそれは消えた。男がタオルを折り畳む作業を再開する頃には消えた。幻覚と思えるほどの早さではないが自分でもよく気づいたと思う。これも今までの流れで教え込まれているような気がする。「この作品はこういう風に見てください」的なもの、「注意深く観てください」的な。でも嫌な気はしない。

それにしても全くセリフがない作品だ。小さな独り言はあっても会話が一切無い。この男に関しては独り言さえない。話す必要のない状況だからか？　失語症か何か疾患がある設定なのか？　時折喉を気にしている仕草があるから、後者が正しいのかもしれない。いずれにしてもセリフのほぼない作品を割と抵抗なく見られているのはやはりコロナのせいなのか。音と照明がある意味雄弁に多彩な変化を作っているが……。

私はどうだ？　私は今日……喋って……ないか。劇場の受付で自分の名前を伝えた時くらいか。コンビニでも最近は声を出さなくなったな。そんな状況に慣れきってしまったのか。

子供は動物を飼いたい

コインランドリーの隣には「福福飯店」という名前の中華料理屋がある。カウンター八席のみの小さな町中華の店だ。まだ開店はしていない。

カウンターに座っているのが皓然《ハオラン》という九歳の女の子。厨房で仕込みのため大きな中華包丁で食材を切っているのが父親の張家宝《チャン・ジアバオ》、この店の主人だ。ネギも白菜もニンニクも肉も全て大きな中華包丁で切っている。みじん切りからダイナミックな切断までさまざまな質感の音が聞こえてくる。その隣で仕込みを手伝っているのが母親の黄神美《ファン・シェンメイ》だ。

ハオランは両親に必死に訴え掛けている。

母「ハオランが犬を飼いたいって言っているんだけど、無理よね」
父「どうだろう、場所がなぁ」
ハオラン「寂しいんだもん」
母「ここではどうなの？」
父「どこ？　この店？」

母「だって家は無理でしょ」

父「あぁ、そうだな」

母「外に縛っておけば、だけどお客さんに迷惑よね」

父「どうだろうな。犬の種類にもよるだろ。ハオランとお前がちゃんと見ることと出来るのか？」

ハオラン「犬飼いたいな」

母親はどのような工夫をすれば犬を持つことが出来るのかを提案をする。父親は犬を持つことを悪いとは思っていない。何よりハオランのためになんとかしたいと思っている。三人は、犬はいくらするのか、スマートフォンとどちらが高いのか、餌はどうしたらいいのか、年間でどのくらいお金がかかるかなど、具体的な話し合いをしばらく続ける。

仕込み作業をしながらの父親はやがて疲れてしまう。

父「今度ゆっくり話そう。急いでいるわけじゃない」

といって会話を閉じる。

母親が店から出て路地にある地蔵を見て、

母「ハオラン、水取り替えてあげて」

ハオランは水の入ったコップを持って店先に出てきて、地蔵の前にある古いものと取り替える。手を合わせたりせずに野良猫に餌を与えるほどの雰囲気で水を取り替える。この家族に長く続いている日課だが、それほど厳格にやっているわけではない。

急に多くの言葉が飛んできて驚く。これはセリフのある作品だったのか。完全に無言劇だと確信していたところだった。それにしても中国語ってやっぱり速いよな。勢いが違う。日本語の倍の内容を半分の時間で済ませられそうだ。というか、中国の俳優が出ているのか。配られたパンフレットを見忘れていた。静かに開いてみる。ベトナム、フィリピンの人も出ている……この時期どうやって集めたんだ……。県民参加って聞いていたけど、こういうこと？

ポーカーの説明をする

二人のベトナム人男性がマットレスを持って現れる。そのマットレスはシングルサイズで、何年も裸で寝続けたため中央部分が人型に酷く汚れている。二人は道を歩きながら、真剣な顔つきでポーカーの「テキサスホールデム」のルールについて話しているが、ルールを知っている方の説明が下手でもう片方が混乱している。「チェック」「コール」「レイズ」の説明が理解出来ない。その状態のままコインランドリーに入ってくる。二人はマットレスの汚れを取りにきたのだ。

コインランドリーに入るとすぐに一番大きな洗濯機を探す。二十二キロサイズのものが一台残っている。二百円を入れて、マットレスを洗濯槽に入れようとする。しかしスプリングが内蔵されているマットレスの剛性はそう簡単に丸まったり畳めたり出来るものではなく、上手くいかない。それでも二人は何度も洗濯機に入れようとする。入る気配は最初からないが、二人に必死さは見えない。力ずくで入れようとするほど筋力を使っている様子もない。

二人が諦めるまではそれほど長くはなかった。先ほどポーカーの説明をしていた方の男が三回目のトライですぐに諦めた。残された方はしばらくマットレスと格闘していたが、またポーカーの説明を続けてきたので気が逸れてしまい、逸れた気を元に戻すことが出来ず、その結果やめた。

二人はマットレスを床に敷き、洗面所にある石鹸とタワシを持ってきて直接洗いだす。しばらくして手を止めて、洗濯機の方を見る。二百円を入れてすでに回してしまった洗濯機が虚しく音を立てている。二人はもったいないと思い、着ていた服を脱いで洗濯槽に放り込む。

すると男はズボンのポケットからトランプを出し、説明を再開しだす。もう片方が驚き最初からそれを使って説明が聞きたかったと笑う。マットレスの端の方にトランプを広げ、実践的に説明をしだす。しかし説明をしていた方の男は少し疲れてきて、タバコに火を点《つ》け、少し休憩する。しばらくして、より丁寧に説明をしだす。

タオルを畳んでいた男は、二人に灰皿を持っていくとベトナム人の男は細やかな礼を返す。二人はしばらく会話を続けるが、すぐに疲れてしまい、マットレスに完全に横になる。雨音が聞こえてくる。

梅雨のそぞろ雨が降り出したのか。思えば近年は梅雨が短く、その分を回収するようにスコールのような雨が夏にどっと降っている。気候の異常は温暖化が進んでいる証拠なのだとどこかで言っていたが、地球が温暖化することが悪いのか判らなかったから無視していた。

しかし今年は蒸し暑い。高々四十年そこそこ生きていただけなのに梅雨らしい梅雨だと感じるのはおかしな話だが、梅雨らしい。

そしてこのベトナム人二人は、梅雨が似合うな。

途切れることなく喋り続けていたベトナム人の男たちは急に静かになり、雨が降る空を見上げる。そのままタバコを大きく一度吸い、吐き上げる。ベトナム人の男たちはマットレスから身体を起こし、もう一度空を見上げる。サワサワと雨が降っている。

「明日も降るのか」

「知らない」

タバコを吸っている男は肩から長い毛が一本伸びている。もう片方がそれに気づき教える。

「抜いてくれ」

「分かった」

「抜いた？」

「抜いたよ」

「え？　見せて」

「もうどこかいっちゃったよ」

「本当に抜いたの？」

「抜いたって」

「気づかなかった」

いつの間にか生えた毛はいつの間にか抜かれ、いつの間にか風に舞ってどこかにいってしまった。

それがきっかけで店に戻ろうとなる。二人のベトナム人はマットレスを頭上に持ちあげ、傘代わりにして濡れないように外を歩き出した。

この二人は中華料理屋の隣のベトナムレストランを営むクァック・チェック　ビンとグェン・ヴァン・リンだ。ビンがポーカーを知っている方、リンは知らない方。ビンが毛を抜かれた方で、リンが抜いた方だ。

このベトナムレストラン「Ｓａｉｇｏｎ　ｂｒｏｔｈｅｒｓ」（サイゴンブラザーズ）は最近店名を変えた。二ヶ月前にバインミーのテイクアウト専門店に業態を変えたからだ。それまでは「Ｖｉｅｔｎａｍ　Ｋｉｔｃｈｅｎ」（ベトナムキッチン）という名前でフォーやビーフンなど麺類を中心にサイドメニューとして生春巻き、ガパオライスやトムヤムクンなどメジャーなタイ料理も出すようなお店だったが、店内で食事をする人が少なくなったのだから仕方がない。

一方バインミーのバンズは冷凍も利き、中に入れるチャーシューやエビもそれなりに日持ちするから扱い易かった。バインミーと「３３３」（バーバーバー）のビールを合わせてセットで千円。この街にしては思い切った価格設定だが、それに迷いがなかったのは二人の若さと明るさの為せる技だった。大して売り上げがなくても「ブラザーズ」にしたことや、故郷のビールを主力に持ってきたことに喜びを感じていた。

二人は日本で知り合った。三年前、西浅草の有名ハッテン場だった。ヤクザに乱暴されていたリンをビンが助けた。壁越しにベトナム語で許しを懇願し、叫び泣く声を聞いてビンがドアを蹴破って部屋に突入した。尻から血を出し蹲っていたリンを背負い、裸のまま店を出た。それが最初の出会いだった。

偶然二人とも南千住《みなみせんじゅ》に住んでいて、二人とも不法滞在だった。二人はすぐに目を付けられ捜索対象となった。ビンがヤクザの片目を眼窩底骨折《がんかていこっせつ》させ、運が悪いことに失明させたのだ。

そうして二人は東京を飛び出し、この街に流れ着いた。近年、日本のベトナム人労働者は急増している。中国人労働者の数を追い越すほどだ。だから二人は隣県でも簡単に身を隠すことが出来た。

あの日もこのくらいの雨だったような、とリンは思い出した。

ビン「押すなって」

リンはしばしの回想から戻ってくる。

ビン「一旦戻ってくれ」

頭上のマットレスが入り口につっかえて店に入れない。二人は数歩後退してから扉を開けて中に入っていく。マットレスは奥の小部屋に戻す。これからはマットレスカバーを買うことにしようと二人で話し合って決める。二人は一仕事終えた気になった。妙な達成感に満ちていた。

それだけ毎日暇なのだ。リンは冷蔵庫から冷えた瓶ビール「333」をビンに渡した。

ビン「ありがとう」

ビンのビール瓶の持ち方は独特だ。ロック歌手のマイクの握り方のように親指と人差し指、中指の三本でビール瓶の首元を握る。二人はまた雨の様子を見に外に出る。狭い入り口に並んで立ち、ビールを飲む。リンは東京を出たあの日のことを話そうかと思うが、やめておく。過去は捨てた。リンには自分たち二人の運命に確かな予感があるのだ。

しばらく湿度の高い夜風とビールを楽しんでから店に入る。ナッツでも食べて空腹を紛らわそうか。ピスタチオがあったはず。随分前に買ったものだけど、食べられなくはないだろう。ピスタチオは大きな缶に入って食器棚の上段に置いてある。運動神経の良いビンがジャンプをして取ろうとする。しかしほんの数センチ届かない。もう一度トライするが指の先が少しだけ触れるほどで失敗。助走をつけてジャンプすると到達したが、手に力が入りすぎ缶を床に落としてしまう。大きな音を立ててピスタチオが床に散乱する。リンは手を叩いて笑う。ビンも自分のバカさに笑う。今日も二人は同じ笑顔で大笑いする。

若者は通りを横切る

中華料理屋の隣には共同トイレがある。飲食街の店の客が使えるトイレとして、またこの近辺の人たちにとって唯一の公衆トイレだ。近くにコンビニが数軒あるが、どこもトイレを貸し出していない。数年前からシャブの流通価格が下落したせいで辺りに乱用する人間が激増した。不純物が多く、シャブ自体の質も悪かった。だからこの辺り、少なくとも半径一キロ以内のコンビニでトイレを貸し出しているところはない。

トイレは男性用の小便器が外から丸見えの乱暴な作りになっていて、その横に個室のトイレがある。小便器を利用しているとき、個室の利用者が出入りすることはとても難しい。いくら痩せている人同士であろうと接触してしまうほどだ。

トイレの洗浄音が鳴り、一人の若者が出てくる。その若者はゆっくりと浮遊しているかのように路地を横切っていく。足元がふらついているわけではなく、目が虚なわけでもない。もちろん目がキまっているわけでもない。スローモーションではないが、雨の音、山の音、若者以外の世界の速度と違う。それほど親しいわけではないがやや知っている人を亡くした時ほどの哀しみを感じる表情。誰もその若者を気に止めることはない。若者はコインランドリーを横切って路地の先に消えていった。

え？　何、今の人。

看板に明かりが灯る

コインランドリーの二階部分は飲食店が入っている。

店の一つの看板に明かりが灯る。「サロン・ドンファン」という店だ。

熱海とかにありそうな店の名前だな。地元客しか来なさそうな、と思うと少しだけ笑えた。

それにしても、「サロン」って何する店なんだろうか。

議論は白熱する

雨は降り続けている。

男は天気予報を確認するためテレビをつける。テレビはコインランドリーの一角にあるジャンクの電化製品や生活用品が無造作に置かれているガラクタの山に紛れて置かれている。全国ニュースの天気予報がタイミングよく放送される。雨はしばらく続きそうだ。男はそれだけ確認すると別のチャンネルに変え、外国の番組が映ったところでザッピングの手を止める。アンテナ感度は悪くキャスターの声はところどころ聞き取りづらい。数人の男女が白熱した議論をしている。

他言語が飛び交うグローバルディスカッション番組「FACE」だ。「ゲノム編集の社会的影響　その有益性と有害性」というテーマで話し合っている。CRISPR《クリスパー》－cas9《キャスナイン》の欠点を指摘するアメリカ人と、CRISPRの暴走を止める抗CRISPRタンパク質やcas9以外の補酵素でその危険性を防ぐという方法を研究しているインド人、農業や医療への転用すら許さない立場のベルギー人がいる。共通言語はなく、それぞれの国の言語で言い争っている。男にとっては何について話しているのか分からないが、感情を剝き出しの人間を見るのは面白い。

おっさんは銭湯に行く

首にタオルを掛け、シャンプーと石鹸の入った風呂桶を持つ、絵に描いたような昭和定番スタイルのおっさんが一人ランドリーに現れる。片耳に、イヤホンを装着してラジオの音が外に漏れている。

おっさんは厚手のナイロン製のエコバッグから衣類を取り出し、洗濯機に入れる。自分で用意した洗剤と柔軟剤を入れてスタートボタンを押す。洗濯槽を蓋で閉じ、その上にエコバッグを置く。エコバッグは妙に丁寧に折り畳む。それが終わるとゆっくりとスツールに腰を下ろし、タバコを吸う。タバコを吸い出してからもぶつぶつとラジオ番組に対してぼやきだす。

ラジオパーソナリティーの男と経済評論家が「これからの日本経済」というテーマで話し合っている。ビッグテックGAFAM《ガーファム》を超える国際競争力のある企業が出ることはすでに不可能で、世界経済で優位を狙えるアニメとアンドロイドを柱としてあとは農業株に投資するべきだと熱弁している。癖のある喋り方と甲高い声の評論家はおっさんを苛立たせる。

おっさん「何言ってんだ……それを国民に任せるな……嘘ばっかり言いやがって」

中でも「国民」という言葉は繰り返し出てくる。国民の「コ」の部分の音をやたらと強調させている。

おっさんはタバコを吸い終わると桶を持ってランドリーを出て銭湯に行く。銭湯のサウナの中でも同じことを繰り返している。サウナの中にあるテレビに対して同じようにぼやいている。その番組時間に合わせて一日のスケジュールを組み立てているくらいだが、番組内容とぼやきが一致しているわけではない。

おっさんがランドリーに訪れてきた。「訪れてきた」と思ってしまうほどすでにこのコインランドリーがこの作品の中心にあるという感覚が根付いてきている。それにしてもこういうおっさん下町の銭湯に行くといるよな。不思議な形の簡易マッサージ用具とか持ってて、妙なところが妙に几帳面な。実際会ったことはないけど。

ママは準備をする

喫茶・スナック「ルビィ」のママが焼肉から戻ってくる。美容室に寄ってきてヘアースタイルが「バッチリ」決まっている。その割には満足していない様子。パーマ料金が値上がりしていたのだ。

ママはホワイトボードを片付け、看板の電気を点ける。店先の植物の茂みに手を伸ばして電飾を点灯させる。クリスマスに使うような簡単な豆電球の電飾だ。店に入ると着替えをする。ラメの入った深い紫色のワンピースに分厚い黒革のベルト。ネックレスは焼肉をご馳走してくれた印刷会社の社長がバレンタインデーのお返しにくれた赤いルビーのネックレス。

お化粧は薄めに、笑顔がチャームポイントだから、ウソ、経費節約のため。ウソ　実際はせっかちなだけ。支度を整え、あとは待つだけ。冷蔵庫を覗くと賞味期限の怪しい大振りのタラコが二つ残っている。福岡からのお客さんが置いていったものだ。あとはキャベツと焼きそばの麺が一袋半、お昼に使う予定だったイカが少し。海鮮焼きそばかな　だったらタラコも入れてみても良いかも。

ママ「あ、そうだ」

と手を叩くと大きめの呟きが出てしまう。老眼鏡を掛けて携帯電話を取り出し、印刷会社の社長さんに電話する。

ママ「ごめんなさい遅れて。もう終わったの、パーマ。待たせちゃって、そう、開けたからいつでもいらして、はぁい」

電話を切る。さて、最初にきたお客さんが嫌がらないように、外でタバコ吸いましょう。

またママは外に出てタバコを吸う。電飾の明かりが薄化粧のママの顔を照らす。二階の[illegible]店はもう開けているかしらと見上げる。「サロン・ドンファン」開けたみたいだ。ここらでは一番古いお店。口うるさい大ママの店。頑張っている。

おっさんは忘れ物をする

おっさんが首にタオルを巻いてランドリーに現れる。銭湯に行ってきた。湯上がりのタンクトップ姿。肩から腕にかけて立派な彫り物が見える。相変わらず片耳にイヤホンを挿している。

おっさんはすでに終わっていた乾燥機から衣類を取り出しテーブルに置く。それが終わると手洗い場に向かい歯磨きをする。緑色の歯ブラシで全長は子供用のそれよりも短い。歯を磨くと喉の奥に刺しているように見えるほど。三分以上かけ丁寧に歯を磨く。磨き終わると口腔内をチェックする。指を口に当てて広げたり、気になる歯の間を爪で擦ったりしている。それが終わると満足げにテーブルの方に戻る。スツールに座りタバコを取り出し一服する。

乾いたばかりの衣類を丁寧に畳んでエコバッグの中に入れる。立ち上がり三百円を男のそばに置いてコインランドリーを後にしたが、タバコとライターをテーブルの上に忘れていった。男は三百円を取り上げポケットに入れる。おっさんの忘れ物に気づきしばらく見つめるが触れることはしなかった。しょっちゅうあることなのだ。

　おっさんは少し微笑んでいる。殆ど表情のないシーンが続いたため、この僅かな微笑みに観ている側は少しだけ救われた気がした。

子供は占いをする

　中華料理屋の家族がコインランドリーに訪れる。

ようやくはっきり認識出来た。さっきはほんの一瞬で、しかも自分が座る位置から遠くて見えづらかった。ハオラン、ハオランとよく出てきた言葉だがきっと名前、彼女がハオランか。ハオランはストローで何かを飲んでいるのか？　でも全体がビニール袋で包まれていて詳細が判らない。ビニール袋からは鮮やかな黄緑色が透けて見えている。黄緑色の飲み物とは何か。

とても健康的な飲み物には見えない。それにしても包んでいるビニール袋の音が断続的に続くのが耳に痛いな……。

子供というのは忙《せわ》しないものだが、耳の敏感な男には少し難しい局面に感じ、意識を背けた。両親は茹《ゆ》でたピーナッツを食べている。子供の持っているものよりも厚めのビニール袋に入っているため別の音階を出している。厚い分、低音で男にとっては子供のよりはマシだ。ハオランの父親はポケットから小銭をいくつか出し、手のひらで選別した後、自動販売機で洗剤と柔軟剤を購入する。持っていた袋から洗濯物を取り出し、洗濯機の中に乱暴に放り込み、洗剤と柔軟剤を入れる。空になった洗剤と柔軟剤の入れ物はゴミ箱に捨てる。ボタンを押して洗濯を始める。

洗濯機の横に「手相占いの機械」がある。お金を入れて手を乗せると、スキャンが始まり、手相を読み取る。という風に見えるだけで、実際はそれらしく電飾が光り、それらしく効果音が鳴るだけの子供騙しのものだ。

ハオランが手相占いの機械のところに歩いて行くが、親は二人とも気にしない。機械の前でソワソワしているハオランを感じて、

母「ちょっと待ってて」

ハオラン「分かった。待ってる」

しばらくして同じように、

母「ちょっと待ってて」

ハオラン「待ってる」

父親はゆっくりとハオランに近づいていく。横に立ってから財布を手にする。二百円を取り出し機械に投入し、ハオランの生年月日を打ち込む。

占いの機械『テヲノセテクダサイ』

父親が頷くとハオランは手を乗せる。

占いの機械『テヲハナシテクダサイ。アリガトウゴザイマシタ』

音楽が鳴り、それが終わると透明なプラスチックのボールが落ちてくる。ハオランはそれを取り上げ父親に渡す。

ハオラン「読んで」

父親はプラスチックボールを半分に割り、中に入っている紙を広げ、目を通してから、

父「人を好きになる、お金持ちになる、勉強頑張る」

娘は日本語が分からないから毎回父親に読んでもらっている。でもそれらは本当に書いていることではなく父親が内容を変えて伝えている。「たくさん人を好きになってね」「お金持ちになってね」「勉強好きになってね」と父親は娘にエールを送っているのだ。

ハオランにとって占いの機械はエールをもらうものとなっている。毎回同じ内容だがハオランはこの三つを聞くたびに元気になる。だが今日はそれより気になることがある。

ハオラン「動物のことは言ってた？」

父「動物？」

ハオラン「犬のこと」

父「書いてないな」

ハオラン「そう」

ハオランはそんなことは書いてないと分かっている。父親の顔色を伺いたくて聞いた。父親はハオランの頭をそっと撫で、

父「先戻ってる」

と言い残し、店に戻っていく。ハオランは父親を見送る。

雨足が強くなり遠くに雷鳴が轟く。ハオランは踊りながら歌いだす。「幸せなら手を叩こう」（如果心你就跟我拍拍手）だ。

如果感到幸福你就拍拍手　（幸せなら手を叩こう）
如果感到幸福你就拍拍手　（幸せなら手を叩こう）
如果感到幸福就快快拍拍手呀　（幸せなら態度でしめそうよ）
看哪大家都一斉拍拍手　（ほらみんなで手を叩こう）
如果感到幸福你就跺跺脚　（幸せなら足ならそう）
如果感到幸福你就跺跺脚　（幸せなら足ならそう）
如果感到幸福就快快跺跺脚呀　（幸せなら態度でしめそうよ）
看哪大家都一斉跺跺脚　（ほらみんなで足ならそう）
…………

母親は二番から自分も歌い、一緒に踊る。ハオランは雨が嫌いだった。小さな子供にとってこの時期の雨は臭くて仕方なかった。路面から立ち上ってくる異臭が堪え難い苦痛を与えていた。それはこの辺りに住む子供にとって宿命だった。だからハオランは雨の日、決まってこの歌を歌う。必ず元気になるんだって力一杯願う。臭いの臭いの飛んでけ。だが、ハオランの願いに反して雨足は強くなり、雷鳴も大きくなる。分厚い雨雲が通り過ぎようとしている。その迫力に圧されて二人は歌うのをやめる。

母「いく?」

ハオラン「いく」

母親とハオランはお店に小走りで戻る。洗濯が終わるまで二十分はある。

街は色づく

コインランドリー二階のお店の看板に明かりが灯る。二階部分には三軒のお店が入っている。

○サロン「ドンファン」
○フィリピンパブ「潮（Ｕｓｈｉｏ）」
○台湾式按摩「足楽園」
夜の街が本格的に目を覚ます。
立ち並ぶ店の明かりは濡れた地面に溶け合い虹色に揺れる。

光の一粒一粒が物理現象として溶け合い別の色に変わるかのように照明が使われている。冒頭男が折り畳んでいたタオルの色が紫色になったのと同じような演出だ。これまでも光の輪郭が溶け合うように見えることがあった。店のネオン看板とそれが路面に反射する光の色が同じではない。全ての色が混ざり合い、滲み合う。その美しい極彩色の虹は空ではなくどす黒く汚れた街に、雨で濡れた路面に浮かび上がっている。
これをやりたいがための作品タイトルであるなら寒気がするほどだが、そんなわけはないだろう。「虹む」というのは他にも意味を持たせているはずだ。それは徐々に分かっていくことだろう。

「やはりそういう日だ」男は絶え間なく変化する色彩の乱舞に見惚れてしまう。男はタバコを取り出し、一服つけてみる。「それではこのタバコの煙もそう見えるのか」と思い、上昇する紫煙を目で追いかけてみる。そんな風には見えない。焦点距離の違いからくる像の混成はあるが色彩が変化するようには見えない。だから二度も煙を目で追うことはしなかった。これ以上突っ込むと寄り目になる。

そして男は正面を向く。

あの無口な男が私の方を見た？　地面を見て、ほら、もう一度私の方を見た。一度目に私を見るのはほんの一瞬だったが、客に向かって「あなたに分かるか？」と言っているように感じた。少し照れ臭そうな表情にも見えた。あまりにも急なことに驚いた。それまで客を突き放すかのように徹底的な別世界を風景画のように見せてきたのに……。観られるの関係が瞬間的にひっくり返るようで不安になった。その不安を助長させるように辺りが靄《もや》がかってくる。雨水が道路の下の排水管か下水管か分からないが、そこに溜まった何かと反応して蒸気が出ているようだ。まさかセントラルヒーティングシステムで熱せられたパイプが湯気を作るニューヨークのような街ではないだろう。ましてや冬の設定ではないだろうし。やはり何かしら有毒なガスが出ているようだが、それがエッジの効いたネオンライトや看板の明かりを柔らかく包んで、目には優しい。

男は雨漏りを直す

コインランドリーの天井の一部分から雨漏りがしだす。

男はモップ絞り器をバケツ代わりに持ち出し、それで雨水を受ける。「トントントントン」とモップ絞り器の底面を叩く軽快な音から徐々に音色は変化していき、あっという間に水面が厚みを増していくのが分かる。男はいずれ溢れてしまうだろうと思い、ランドリーの中を探してみるが、バケツらしいものはない。諦めてスツールを雨漏りしている場所に持っていき、そこに座り、近くでしばらく見張ることにする。それが溢れそうになったところで水受けは一つしかないから、濡れるのは仕方ないだろう。そうなったらモップで拭き取ればいい。三十秒ほど離れるだけだろうから大量ではない。

しかし雨漏りはそんなに簡単なものじゃなかった。数十秒遅れてもう一箇所で始まった。

最初の場所よりは少ない水量だけれど、それでも放っておくことの出来ない量だ。男はあたりを見回す。何か使えるものはないか。バケツはもう無いのは分かっている。ゴミ箱の中を漁ってみる。空のペットボトルがある。もちろんこれだけでは足りないが何かに使えるかもしれないと思い確保しておく。忘れ物が集められた箱の中の衣類を雑巾替わりにすることも出来るが、それは正しい選択だとは思えない。

仕方なく自分のタオルを使うことにする。洗って乾かしたばかりのものだけれど。まず男はタオルを繋げだす。バランスよく色を使うように青色と桃色を交互に縛る。その末端を天井に貼り付ける。本当はゴミ袋を漏斗状にしてペットボトルを繋げて外まで伸ばすか、レジャーシートかブルーシートを使って流しそうめんの様にすれば簡単だが、取り敢えずの応急処置としてこうするしかなかった。しばらくタオルに染み込ませて時間を稼ごう。

何故この男はコインランドリーのオーナーでもないのに色々と甲斐甲斐しく働くのだろうか。オーナーはあの足を引きずっていた女だろう。自分が男と同じ立場だったらどうするかな？　そもそもこんなコインランドリーを利用しようとは思わないか。うちで洗ったほうがマシな気もする。

男は休憩に入る

　男は雨漏りを直す手を止め、休憩を取ることにする。バッグから弁当と水筒を出す。弁当は近所で買ってきた。スチロールの入れ物に白ごはん、同じ入れ物に大量の紅生姜、そして小骨の多い肉が雑に入っている。小骨の多い肉とは、小さな鳥類の肉。鳩かスズメかコウモリなどを甘辛く煮たもの。男は白飯から食べだす。白飯だけで三口もいく。それを全て嚥下し切ってから少しだけ落ち着く。肉に手を付ける。小骨が多く一口食べるたびに何度も口から骨を取り出さなくてはいけない。咀嚼音がよく聞こえる。紅生姜を口に入れ、質の悪い肉の臭みを消す。

　ふと男は食事の手を止める。そういえば今まで一度もここの自動販売機を使ったことがなかった。立ち上がりホットスナックの自動販売機に近づいていく。ポケットをあさり三百円を用意する。コイン投入口に入れボタンを押す。三分間のカウントダウンが始まる。初めての経験をする三分の待ち時間。男はどう過ごして良いのか分からず、居心地が悪い。

助けを求めて持ってきた弁当の方を見るが何をしてくれるわけでもない。意味もなくポケットの中の小銭を触ってみるが数秒後に間が保たなくなる。そこまでしてからようやく諦める。まだ二分以上ある。デジタル文字盤を見続けることにする。三分経つと箱に包装されたチーズバーガーが落ちてくる。男はこの殺人的な熱さを知らない。素手のまま直接深く握ると猛烈な熱さが皮膚に伝わり慌てて手を引く。まだチーズバーガーは自動販売機の中にある。もう一度挑戦するが温度は変わらずまた手を引く。しばらく考えて、一旦取り出すのは止めにする。

愛してる

雨の降り頻る中、雨音に紛れて二階のフィリピンパブ「潮（Ｕｓｈｉｏ）」からタガログ語の歌が聞こえてくる。Ｒｅｎｚ Ｖｅｒａｎｏの「Ｍａｈａｌ Ｋｉｔａ（愛してる）」だった。原曲は恋愛に破れた男性の歌だが、女性の歌声が聞こえてくる。

Ako sa'yo'y nagtataka　(私はあなたに驚いたわ)
Parang nagbago na'ng damdamin mo sak'in　(あなたの私への気持ちが　もう変わったことに)
'Di ka namamansin　(私に興味がなくなったのね)
Bakit ba? Sabihin mo nang malaman ko　(なぜ？　言ってよ……私が聞いた時)
Nagkulang ba ako?　(間違っているのは私なの……)
Lagi ka sa isip ko minamahal kita　(いつもあなたを思っている　愛している)
Tunay sa puso ko　(私の心は本当よ)
'Yan ay pangako ko　(約束するわ)
…………

男は歌声をしばらく聴いていたが、今はもう興味を持っていない。それよりも雨漏りの処理をしなくてはならない。

この女性の歌声に何故か郷愁を感じた。いやそれ以上だ、街の片隅に生きる異国人の、人生を確かに歩んでいることの喜びと感謝のようなバラードに聞こえた。もちろん歌詞の内容は一切分からないのだが。

しばらくして歌声が消える。

「アリガトウゴザイマシタァ」

しっとりとした声色とは真逆の甲高い元気のいい日本語が聞こえる。その明るい、底の抜けたトーンに少しだけ元気になった気がする。雨に濡れたスナック「ルビィ」の窓辺にアンニュイなママの横顔が見えた。

雨漏りが止まる

男が雨漏りと奮闘しているところに、雨の中傘もささず、おっさんがまたイヤホンを片耳に装着した状態で現れる。相変わらずラジオの音が漏れている。

おっさんは忘れていったタバコを取りに戻ってきた。男に気を止めることもなく机の下や乾燥機、洗濯機の中を探している。そしてテーブルの上に置いたままにしていたタバコとその上に置かれたライターを回収して、またゆっくり来た道をぼやきながら戻っていく。

男もまたおっさんを気にすることはない。

　男はようやく雨漏りを補修することが出来る。たくさんのタオルを汚すことになってしまったが、残りの作業はめげずに続けることにする。青色のタオルも桃色のタオルもまだまだ綺麗に畳まれるのを待っている。男は今まで以上に丁寧に作業を再開することにする。

女は戦う

　女がまたコインランドリーに現れる。同じように傘を杖代わりに持っている。女はカップラーメンの自動販売機のところに行く。鍵を開けて小銭箱からいくらか取り出し「サッポロ一番カップスター味噌」を選ぶ。女は何よりもカップラーメンの具の中でコーンが好きで仕方なかった。お湯を入れ、小さなプラスティックのフォークを持って席に着く。掛け時計の方を向く。三分必要だが二分で良いだろう。麺を食べたい訳ではない、味噌味のスープとコーンを食べたい。味噌ラーメンにコーンが入っているのは定番だが味噌汁にコーンを入れる人は滅多に居ないなと、女は今日になって初めて思った。麺を一口啜ってみるが熱すぎて啜りきれない。三分の一ほど啜ったところで小休憩が必要だった。その後啜るが最初の三分の一より熱さは増すため小刻みに休憩が必要になった。ようやく一口目を啜り切ることが出来た。二口目も同じように繰り返す。しかし女はこれ以上麺を欲していない。コーンを一粒掬い上げる。しばらくコーンを見つめた後、口の中に入れ、すかさずスープを飲む。それを繰り返す。幾度か繰り返したあとまた麺を啜りたくなってくる。単調な作業に飽きただけだった。麺を啜るとやはりまだ熱い。啜り切る途中でまた止まってしまう。

　視線を上げた先、床に大きなチャバネゴキブリがいる。女は強く警戒した目つきで、音を立てないようにゆっくりと麺を口の中に送り込んでいく。残り五センチほどぶら下げたままゆっくりと立ち上がる。立ち上がると、履いていた草履の片方をゆっくりと脱ぎ、右手に持ち近づいていく。しかしゴキブリは女の殺気に気づき素早く逃げていく。女は追いかけるがゴキブリも必死に逃げる。麺は冷めることを過ぎてもはや乾いている。ゴキブリはやがて袋小路に行き着いた。女は息を殺して近づき、草履一閃ゴキブリを潰す。そして床に転がっている割り箸を拾い、ゴキブリの胴体中央に刺し、草履から引き剥がし、ゴミ箱に捨てる。

女は食欲を失ってしまい、味噌ラーメンをトイレに捨てることにする。ラーメンを持ち上げるがスープはまだ火傷しそうなほど熱い。こういうものを運ぶとき、特にこの足が厄介に感じる。慎重に歩みを進めなければ大惨事を招きかねない。女は水平を保つよう細心の注意を注いでゆっくりと歩きだす。トイレまでの距離が長く感じる。傘はささない。両手を塞ぐことは最初から諦めている。

ようやく辿り着くと個室の方のトイレに入っていく。すぐに洗浄音が鳴り、女が出てくる。女はトイレから出ると、その隣に軒を連ねるベトナムレストランや中華料理屋、タバコ屋やスナックなどを眺める。街全体を長い時間眺める。なぜそれほど長く眺めるのか自分でも分からない。夜の街のネオンが女の疲れた雰囲気とは質感を異なるように煌《きら》めいている。悪い方の足が少しだけ疼いた。

男は愛を感じる

女はコインランドリーの方に引き返す。一度に歩きすぎた。路地にあるベンチシートに腰を下ろし、疼いた足をさする。

タオルを畳んでいた男は手を止めて女の背中を見つめる。口元が動く。男には女の背中が半透明に見える。身体が透けて通りの路面が見える。今日はこういうことが頻繁に起きる。目を触ろうと中指と人差し指を眼球に運ぶが寸前で止める。それよりも近くに行って実体を見た方が良いだろう。男はゆっくりと女に近づく。怖さが少しある。本当に透けていたら眼医者に行かなければいけない。男は女のそばに座る。女は男のことを気にしていない。男は手を女の顔に近づけてみる。立派な大木の樹皮を触るような手つきになった。男自身がそう思った。ずいぶん前に倒壊した鶴岡八幡宮《つるがおかはちまんぐう》の大銀杏《おおいちょう》の幹を触った時、あれは子供の頃だったと思うけど、きっと同じ手つきだった。

そして、きっとこんな風に手が震えていたと思う。鎌倉右大臣、源実朝の歌を思い出す。

世の中は　常にもがもな渚《なぎさ》漕ぐ
海人《あま》の小舟の
綱手《つなで》かなしも

漁師が小舟に乗って海を渡る姿の、その日常の光景に切なさと愛おしさを感じ、そんな日常がいつまでも続けばと思う。それだけでいいのだと。今、男もそう思っているスナックの扉が自然に開く。ママが開けたわけではない。ママは窓辺に横顔を写しているだけだ。女は立ち上がり、スナックに向かって歩きだす。するとママもゆっくり立ち上がり女を迎えるように入り口に立つ。女は吸い込まれるようにスナックの中に入っていく。

男はその一連を見続けていた。女の姿が見えなくなってから体勢を戻す。もしかしたら、今自分が見えている全てが幻影なのかもしれないと、馬鹿げた発想をしていると自覚しながらも、自信はない。奥歯に力が入っていたのか、なんだか口元に違和感がある。普段口を動かすことがほとんど無いため僅かな異変には敏感だ。

この作品との付き合いは、観ている間に不随意に溢れ出てしまう言葉と、それに抗おうとする感性との戦いのように感じる。私の感性はあまりにも非力だが、同時に感性が自然力だということを再認識する。無意識の中で健気に戦っているのだ。言葉は放散を許された兵器のようなものだ。またはウィルスのように自己複製と変異を繰り返す。

そしていま私は《意識的》に感性に加担しようと思っているのだ。どうしたらいいのかその方法を探す。もしかしたら、これはちょっとだけ恥ずかしい気もするけど、坐禅なのかな。いや、やったことないからそれが感性を下支えするかなんて知らない。でもこの座席幅なら坐禅組んでも隣に迷惑かけないな。ソーシャルディスタンスも悪くない。目を瞑《つむ》ってみる。静かに呼吸に集中してみる。背を正して、組んでいた足を下ろすだけにしよう。

すると突然音が消えた。雨の音も、街から聞こえてくる話し声や音楽も、雑踏も全てだ。完全な静寂が訪れた。劇場のブレーカーが落ちたのかと思うほどに静かだ。その驚きに耐えられたのは十五秒ほどだったと思う。もう少し長かったかな。目を開けてみると街のネオンの明かりが痛かった。目が慣れてくると光の先に同じように目を瞑っている男がいる。そしてまた、息を吹き返すように街に音が戻ってくる。観劇をしていると稀にこの様に舞台上の俳優とシンクロすることがある。何か霊的な、不思議な力を感じる瞬間だ。

老婆は誰かの服を着る

路地に二人の老婆が現れる。中の洋服が透けて見えるほどの安物のレインコートを着ている。薄黄色のものと薄青色のもの。二人ともサングラスをして、お揃いのオカッパ頭をしている。大切そうにビニール袋を下げている。中に何が入っているのかは分からない。囁くように会話をしているため内容は不鮮明。

二人はコインランドリーに入るとすぐにレインコートを脱ぎ簡単に丸めテーブルに置く。所作がよく似ている。次に二人は洗濯機の前で洋服を脱ぎ、そのまま洗濯槽に放り込む。そしてコインランドリーの一角にある「誰かの」と書かれた段ボール箱のところまで直線的に進んでいき、箱の中を物色しだす。一連の動きが実に自然で、滞るところなく進行する。箱の中には誰かの忘れ物が長年捨てられることもなく溜まり続けていて、ごった返している。

二人は何かを手にしては、自分や相手にあてがってみせ、似合っていたら外に出し、似合っていなかったら箱に戻すということを続ける。そして気に入った上下フルコーディネート分をテーブル一面に広げる。広げたものを二人で眺める。腕を組んで難しそうな顔をしている。しばらくテーブル上のコーディネート案を眺めたあと、順番に着用しだす。二人とも派手な発色の洋服に変身すると、「誰かの」のビニール傘を広げる。子供用の小さなビニール傘で人魚のイラストが描かれている。それを自分たちの横に置き、持ってきたビニール袋からフルーツを出し、手掴みで食べだす。二人はいつも夜な夜な現れ同じことを繰り返している。だから男はこの二人を気にすることは一度もない。

この辺りから自分が何を観ているのか分からなくなってくる。古い歓楽街の一角で起きている地元の人たちの静かな日常……風変わりな日常……いや違うな。形容する言葉に困る。感性優位な観劇体験なんだと諦めても良いが……。

舞台美術はどこか物騒な、それこそ暴力事件でも起きそうな雰囲気なのだが、この街の風景を彩る人たちは皆愛らしくも感じる。生活に素直で、流れ過ぎて行く時間に自然体な様子がある。それが風変わりな印象を持たせず、逆に強いリアリティを感じさせる。今も、この二人の老人を観ていると、そぞろ雨の音はバリやサイパンのスコールのように聞こえる……わけはないが、そう思いたくなる。また私の内部で感性と言葉が激しい争いをしているのだろう。でも、確かに感性が目覚めようとしているのかもしれない。鼻が妙に利くようになっている。これまでこの街から時折漂ってくる匂いの変化に敏感になっているのだ。コーヒーの匂い、肉の焼ける匂い、スパイスの匂い、雨の匂い、体臭。看板が灯り、街の飲食店などが開くたびにコインランドリーの匂いに混じりそれらの……混じり……そうか、匂いも滲ませているのか。

老婆は自由に泳ぎたい

片方の老婆がフルーツを食べ終え、もう一度「誰かの」と書かれた段ボールのところへ行く。中に大きな生地を見つける。派手な模様が描かれた長い生地だ。それを引き摺り出して展開してみるとそれは大きな「鯉のぼり」だった。老人はそれをズボンを履くように両脚を通し、そのまま床に横たわり、這うようにして路地に出る。老人は人魚をイメージしている。ガソリンや石鹸や植物油や動物の脂などが染み付いた路面はツルツルと滑り、気持ちよく泳ぐことが出来る。

海のそばに生まれても海と一緒に生きている実感はこれまで一度もなかった。生家は山手《やまのて》にあり、むしろ海臭い場所に一定の軽蔑心を持っていた。野蛮な男たちの吹き溜まりに、暴力癖のある父親と同じ匂いを感じていたからだ。

父親は内科医だった。法学部を卒業したあと東京の医大に入学。その後、程なくして太平洋戦争が始まり、東京からこの街に移り住んだ。だがこの街は戦禍の中心である東京よりも厳しい状況だった。至る所で性暴力が横行していたのだ。警察はそれを放置していた。父親はその状況をビジネスチャンスと見た。内科医を止め堕胎専門の婦人科、つまり闇医者になった。カモフラージュのためのダミーとなる自宅兼クリニックを山手に構え、実際は地下社会に潜った。堕胎希望者には自宅に出向いて手術をして、法外な報酬を受け取り、それで家族にうまい飯をたらふく食わせていた。

しかし、父親の精神は徐々に荒廃していった。家庭内暴力は激しさを増し、妻と娘にも平気で手を出すようになっていった。特に娘への暴力は苛烈なものだった。女性らしく身体が成長していくことが許せなかったのだ。性そのものへの憎悪が制御されることなく膨張していた。堕胎医として十年が経過した頃から父親の暴力は自分自身に向けられていった。血が出るまで爪を嚙みちぎるのが最初の兆候だった。自分で入れ墨を入れてみたり、煮えたぎるお湯に足をつけてみたり、交通事故を起こしたり。スリルを感じることに依存していった。そして父親の精神は完全に破壊され、自室で首を括って命を捨てた。

　この老婆はそんな父に育てられ、まともに会話することなく目の前からいなくなった。莫大な遺産と自由を手に入れたが、人間的な生活を望む生気が戻ることはなかった。現在彼女は八十二歳。認知症を患っている。父親の支配下において性に興味を持つことは絶対禁忌だったが認知症が始まってからダムが決壊するように好奇心が溢れ、口を開けばシモの話ばかりになった。道端ですれ違う人に「お前昨日ヤったのか?」「スケベやろう勃ってるか?」「私もう濡れ濡れびちゃびちゃよ」など口にしたこともない下品な言葉が絶えず湧いてくるようになった。老人ホームに紛れて侵入して入居者の男性器を食いちぎりそうになったこともあった。

　そんな状態が長く続いていた老婆だったが、今隣にいる老婆と知り合ってから急速に認知症が軽減されていった。その老婆が何者かはいまだに誰も分からない。ただ鏡のように自分の真似をする人間だった。双子と間違えられることが何度かあったが見た目は全く違う。仕草や格好だけでなく喋る言葉や所作も似せてくる。いつ知り合って、いつから行動を共にすることになったのか全く分からなく、思い出す機能もすでに失っている。認知症の老人たちにしか認知することの出来ない次元というのが存在する。そこに現れた何者かだ。だから理解する必要はない。ティンカーベルを誰でも認識出来るわけではないのと同じだ。

動き疲れた老婆は雨の中、路地に横たわったまま動かなくなった。同時にコインテンドリーの中でもう一人も横たわったまま動かなくなる。一分経つと二人同時にむくりと立ち上がる。そして緑色の鯉のぼりを脱ぎ、丁寧に折り畳んでいく。尾鰭《おびれ》を折ると頭部へ行き、折り畳む。また尾鰭の続きをひと折りする。両端を交互に折りながらバランスよく折っていく。途中シワが付きそうになると手を使ってしっかりと伸ばしてから進む。それを繰り返していくと緑色の立方体が出来上がる。まるでスイカのようになる。

車椅子の女はチャレンジする

車椅子に乗った女性が通りに現れる。最近週に一度はこの路地をゆっくり通り過ぎる女だ。とても車椅子が移動するのに親切な路地ではないのに。ぼこぼこと凹凸があり滑りやすい。

女はギランバレー症候群で脚を悪くした。ネットで買った質の悪い新型ウィルスのワクチンを打ったことが原因だった。発症してもすぐに医者に行かず、ただの風邪だろうと自宅で寝ていた。重い呼吸障害が現れＩＣＵに入ることになった。それがウィルス感染によるものなのかワクチン由来なのか昏睡状態では聞くことも出来ず、医者の治療はウィルスの方だけに注意が向けられた。そうして長く放置されたギランバレー症候群は重い後遺症を残すことになり、車椅子生活が始まった。

不随意に震える脚を両手で一歩前に出してみる。もう一方はまだ震えていないがいつもより硬い。焦ってはいない。鼻息が荒くなるが怒りが込み上げているわけではない。元々鼻中隔《びちゅうかく》がまっすぐではない。小学校の自習時間で鼻息が目立って恥ずかしかったことを思い出した。だから息を殺して生きてきた。動かない脚を引きずり、地面を這いずってみたがすぐに諦めた。どんな音が口から出て、どんな力が腕に流れたか覚えていないが、車椅子に戻ることが出来た。座ると身体に残っている力は僅かしかないと分かる。帰宅出来ないほどではないが、随分と消耗した。

脚を悪くしてから、無性にこのような不親切で汚い公衆便所に入りたくなる。その理由は自覚している。当たり前にあった生活を取り戻したいのだ。

男は気を遣う

男は老婆たちが着替え終わると外へ出た。二人に気遣っているわけではないから外に出る歩みはごく自然な速度だ。途中「灰皿、持っていくか」と思う。一、二歩歩いて手を伸ばしたところに置いてある灰皿を取り上げ外に出る。

タバコを咥えてみるがさほど吸いたくもない。灰皿に強くこびり付いたヤニカスを黒ずんだ指先で落としてみると、少しだけ中の老婆たちが気になって二人の方を見る。派手な洋服姿の二人をみるとタバコが吸いたくなった。火を点けて、大きく一服吸うとタバコの先端に出来た数ミリの灰を灰皿のヤニカスのない部分で音を立てずに丁寧に落とす。二口目以降は惰性で吸う。その惰性はニコチンを欲していない喉で分かる。だから結果的に老人たちに気を遣っていたと知る。そのことは男を落ち込ませはしない。空を見上げた時のまばたきが少し多くなっただけだった。

車椅子の女は音を出す

車椅子に乗った女は凸凹道を進む。慎重に体力を分配しながら乗り越えていかなければいけない。家に辿り着くための分配だ。こんなに毎日自分のエネルギー分配を考えることになるとは思わなかった。頭には常にエネルギーのポートフォリオがある。その総エネルギー資産は年齢を重ねるごとに、病状が悪化するごとに無慈悲に減り続ける。負け確定の人生ゲーム。でも、そうして自分を数値化して捉えることで気分を紛らわすことは出来る。所詮人間なんてそんなものだろうと。人間は皆、負け確定のゲームをやっているに過ぎないじゃないか。そう思うとお腹が空いてくる。食事はまるで泥舟状態の人体を誤魔化すための意味のない経済政策のようだ。インフレを起こさないように気をつけないといけない。今日持ち歩いているのはチョコレートだ。車椅子に下げていたポーチから取り出す。そこに来る途中スーパーで買ってきたガーナチョコレートだ。包装している銀紙を剥いでみると熱を持った体温が伝って溶け始めていた。女は溶けている部分を指で拭い取り、口に入れてみる。

なんだかクセのある舐め方だ。下品だったり、いやらしい感じはしない。育ち方の違いなのか実に個性的だ。車椅子の軋む音、車輪が悲鳴を上げる音、それに混じって不釣り合いな生々しい音が混じっている。それに女は息が上がっている。ギシギシと金属、ペチャペチャとナマ物、ハァハァと乾いた呼吸が混じり合う音の塊が左から右へと動いていくようにしか見えない。そんな音の塊だ。この作品に出てくる登場人物は皆個性的な食べ方をしていることに今更ながら気付く。

この一連の出来事の演出意図を考えてみた。時間的に長いものだったからだ。あまりにも風変わりだったので退屈とは思わなかった。いや、退屈さが風変わりに見せていたのかもしれない。

退屈を意図的に作ることの意味を考えたことがあった。現在エンターテインメントの制作現場に人工知能が活用されているということを知ってからだ。IBM社のAIワトソンが何本ものホラー映像を記憶して人間が何に恐怖するかを学習し、そのAIが新作ホラー映画のトレイラーを数日で作り上げたという。人間の十分の一の時間で仕上げ、コストは下がり、完成度の高い出来だったらしい。人工知能がエンターテイメント業界で大きな成果をもたらすことが出来た分かりやすい例だが、それ以外にもたくさん例はある。そして今後加速度を増して発展するだろう。ニューラルネットは劣化しないからだ。

そしてこの「虹む街」だ。人工知能に退屈を生み出すことは出来ないと言いたいわけではない。それは簡単に出来るだろう……しかし今、目の前で起きている「退屈の美」とも言いたくなるような「なんだかよく分からない時間」は生み出せるだろうか。つまり、見ていて悲しくなったり、嬉しくなったり、腹が立ったりするわけではない「成果の予測が出来ない」時間だ。成果や見返りのないプログラムは作ることが出来るだろうか。成果のないことをデータとして人工知能に学習させることは出来るだろうかということだが……出来るか。成果の与えないプログラムにすればいいだけだから。「無駄なことだから」という理由で開発は後回しにはされるだろうけど。まぁそもそも人工知能と人間を比べようとしていること自体間違っているか。しかし人工知能はもはや神の領域だ。全知全能の神。神はバカな人間の平均的な情報処理能力に合わせてエンターテインメントを作り出す。または人間の能力を少しでも上げてやろうと考え出すか。

この考えの去来とともにこの「虹む街」が愛おしくなったのは事実だ。全ての登場人物が街の中で、それこそ「成果・報酬のない営み」に時間を使い、生きているじゃないか。そして、私はそこに極めて人間的な何かを見出そうとしているのだから。一分間そんなことを考えて、視線を上げた。車椅子の女も、老人二人もいつの間にか姿を消していた。

店長は雨を気にしない

フィリピンパブ「潮（Ushio）」の店長が現れる。仕立てのいいジャケットに身を包み、丁寧に磨き上げられガラスのような光沢のコードヴァンの革靴を履いている。傘は持っていない。雨の日に革靴を履いてきたことを後悔はしていない。店長は電話をしている。

店長「それはジャスミンに任せればええ」

電話口は店を任せているママ、ベロニカ。店の女の子のことで相談があると電話をしてきた。その女の子の名前はアンジェラ、二十八歳。十八歳で日本に来た。今では月に五十万円をマニラの家族に仕送り出来るほど人気者になった。その理由は、歌唱力の高さ（特に一青窈のハナミズキ）と客の下ネタに対して恥ずかしさを上手く表現出来るところにある。下ネタを積極的に話してきたかつてのパブ嬢はもう古い。これは店長のアドバイスからそうしたのではなく、アンジェラが守りたい部分と作り上げたい部分を自分自身で選択したのだ。店にもたくさんの愛情を注いできた。仲間の誕生日には店いっぱいに装飾を施して太客《ふときゃく》の誕生会以上に祝福した。誰からも愛される存在だ。

　そのアンジェラが国に戻りたいと言っている。アンジェラは十年近く日本にいるが、同居している友人も付き合う男性もフィリピン人だったため込み入った話を日本語ですることが困難だった。それを察してベロニカが代わりに店長に電話してきた。店長は一二三コインランドリーの屋根の下に留まることにする。

店長「そうか……そらお前も寂しいやろ」

ベロニカ「もちろんよ」

店長「後で顔見せるから、ええよ、降りて来んくて、ええって、まだ店あるやろ？　下で餃子食べてる」

ベロニカ「また？　店長好きねぇ」

店長「そうそうまたな。いいよ、店で待っとけ。あと今月の売り上げ、数字出しとけよ」

私にはこのジャケットに身を包んだ男が寂しそうに見えた。苛立ってはいない。ただ静かに寂しそうに見えた。彼だけではなく、この街を行き交う人たちには皆寂しさや悲しさを明らかに感じるようなことはない。だからといって淡々と日常を生きているように見えるわけでもない。この街角に吸い寄せられるように現れた優しい亡霊のような雰囲気を持っている。はっきりとした表情がないのだが、誰もが強い目をしていて、それは静かに悲しみを分かち合うかのように強くて。そして関西弁もこの作品の中では外国語みたいに聞こえるのが不思議だ。

店長は必ず電話を受ける

店長は電話を切って、立ち上がる。背後に気配を感じる。男が洗濯したての桃色のタオルを持って立っている。店長はタオルを受け取る。男はまたテーブルに戻り作業を再開する。店長はタオルの匂いを嗅いで、濡れた髪や、ジャケット、靴を拭いていく。終わると近くのスツールに腰を下ろす。

男は静かにタオルを回収する。タオルを回収すると喉仏がゆっくり波打つ。夜の街がまた少し明るく見える。街の色彩が豊かになって涙の滲んだ視界のように感じる。寂しげなピアノの音色が雨音に紛れて流れてくる。か細いが透き通った綺麗な旋律。撫でたくなるような、柔らかく滑らかな、上質なシルクが風に揺れているような旋律だ。プツリと曲が止まるとすぐにまた同じ曲が掛かる。またすぐ消える。同じようにまた掛かるがすぐに切れる。店長はポケットからスマートフォンを出す。またピアノの曲が掛かると電話に出る。

店長「はい」

かつて彼は複数の性風俗店を任される敏腕店長だった。M性感ヘルス二店舗とソープランドだ。どちらも関内で店舗型風俗として長年人気だった。風営法改正前からあった老舗店だ。M性感ヘルスの売り上げは特に良かった。女性たちがマニアを納得させる技術を磨いてきたからだ。だからコロナ禍でも客が離れていくことはなかった。しかしその三店舗とも閉めることになった。

男は若いとき大阪難波《なんば》の名割烹料理屋「つづ喜」で働いていた。早朝から深夜まで修行時代も合わせると八年いた。八年間で身に付いたことといえば大根の桂剝きからケンを作る速さと美しさ、鯛を三枚に下ろし、丁寧な下処理を行うことくらい。美味しい味を作り出す技術を教えてもらえなかった。そんな昔気質な大将に嫌気がさし、啖呵切ってやめた訳じゃない。今でも大将のことは尊敬している。何より人間を作ってくれたと思っている。やめた理由は病気だ。若年性の前立腺癌を患ったのだ。発覚してすぐに治療を受けた。手術は成功し一旦は化学療法も終え完治したと思われた。しかし、大腿骨転移が見つかってしまう。大将からこれ以上仕事を続けるのはやめて治療に専念したらどうだと言われ、それに従った。放射線治療から始まり、化学療法やホルモン療法を経て人工骨頭を入れることになった。当時それは最先端の医療技術で、大阪にはその病院がなかった。だからこの街に引っ越してきた。治療は成功したが、巨額の借金を抱えた。大阪に帰ってまた料理人として働く選択もあったが、癌になって「食」への執着が無くなり、代わりに「性」への執着が強くなった。前立腺摘出後の合併症の恐れからだ。男性機能が低下してしまうのではないか、その恐怖から逃れたい一心だった。それで風俗店で働くことになる。

当時この辺りにはちょんの間が立ち並び、そこの呼び込みをやり出したのが最初だった。関西仕込みの軽快な喋りであっという間に重宝されるようになった。その後、紹介でこの街にある有名高級ＳＭクラブ「倶楽部ＥＳ－ＢＥＡＴ（エスビート）」の受付兼店長を任されることになる。男の噂を聞きつけた店からのヘッドハンティングだった。

移籍して数年後、店に所属していた人気の女性数人と独立することになる。お互いにとってウィンウィンの独立だった。ＳＭ文化を広めたい思いで性感マッサージとソフトなＳＭを合わせた新しいジャンル「Ｍ性感」を作ったからだ。そうして新感覚の風俗店「That's it（ザッツ・イット）」を立ち上げた。草食系男子時代とＩＴバブルがぴったりハマり瞬く間に関東トップの人気店になる。朝一番で予約の争奪戦が始まるほどだった。しかしそれが同業者から反感を買うことになる。店や女性への嫌がらせが連日続き、女性が暴行に遭う事件も起きた。男は血眼になって犯人を探し、それら全てが以前在籍していたＳＭクラブがやっていたこと、そのクラブが暴力団経営だったことを知った。

その後虚しく店は乗っ取られ、自分は店の金を持って逃げたことにされ女性たちからも縁を切られた。女性一人一人と真摯に、丁寧に向き合っていた。マニア向けの店で働く女性はマニアではない。純粋で健気な子ばかりだ。だからおだてて、おだてて、いい暮らしを与えていた。プライベートのことにも一緒に悩んだ。家族同然だったのだ。しかし、その全てを奪い取られた。そして何度も自殺を試みた。でも死ねなかった。

ある日、夜の街を当てもなくフラフラと歩いていた。一際騒がしく声が響く店があった。何の店か知る気もなく、何かを期待していたわけでもなかったが入ってみた。場末のフィリピンパブ。しばらく時間を過ごしていくうちに不思議と癒されていく自分がいた。明るく、よく笑ってくれる女の子たち。それから何度も店に通うようになった。人間に戻るためのリハビリのような時間だった。まだ生きていて良いかもしれない。悩みは捨てて、単純なことで笑って騒いでそれでいい。そして働かせてくれないかとママにお願いした。店で寝て、残り飯があれば給料なんていらないと言った。本心からだった。事情も聞かれず、返事は簡単に返ってきた。始まりは随分苦労した。女の子たちはすぐ叩いてくるし、時間は守らないし、店はすぐ汚すし、何より言葉が分からない。だけど、なんとかなるさ。そしてなんとかなった。

あの頃を思い出す

中華料理屋の入り口が開きハオランの母親が出てくる。父親は厨房の中から話す。

母「もう洗濯終わっているから持ってくる」
父「傘さしていけ」
母「すぐそこだから」
父「洗濯物持ってくるって、こんなに雨降っているのに家で干すのか」
母「そう、お金かかるから中で干す」
父「おい、おい」

傘をささず走って出ていってしまう。

父「ハオラン、コインランドリーに行ってくるから中で待ってて」
ハオラン「分かった」
父「すぐに戻ってくる」

父親は傘を持ってコインランドリーへ向かい合流する。母親は衣類を簡単に畳みながらビニール袋に入れる。父親はビニール袋の口を開け入れやすくする。

父「なぁ、家の中だと乾かないから、乾燥機かけよう」
母「だめよ、お金がもったいないから」
父「お金って、二、三百円だろ」
母「お金はお金よ」
父「いいよほら」

と勝手に小銭を投入する。

父「ほら」

母親は諦めた表情を浮かべ、

母「三十分で十分」

父「分かった」
母「待ってないと」
父「そうだな」

父親はテレビをつける。古い中国のカンフー映画が映っている。二胡と太鼓の音楽に打撃音が連続する。しばらくするとそれらがピタリと止み、緊張を煽る二胡の音色が静かに入ってくる。一瞬の静寂を経て最後の一撃の打撃音が響き渡り、呻き声と地面に転がる音が聞こえる。その後、哀愁のある音楽が掛かる。
するど父親は人目を憚らず嗚咽を漏らし出し、涙を拭かずにカンフーの真似をするように身体を動かしてみせる。首をぐるりと回してから両手をクイクイと素早く動かしたり足をヒョイと上げてみたりする。映画のセリフなのかテレビを見ながら何かブツブツと喋っている。やがて身体が熱くなってきて着ていたスエットを脱いでTシャツ姿になる。首が痛いと訴えると、母親はバッグから小瓶を取り出す。蓋を開けて中の軟膏を指先で少し取り、父親の肩甲骨周辺に塗っていく。塗り方はダイナミックで、少量を広範囲に無理矢理塗り込んでいく。その後、人差し指を立てて肩甲骨周りを丹念に叩いていく。スロットシーンのボタンを叩くように何度も打っていく。

ハオランの母親は以前、伊勢佐木長者町《いせざきちょうじゃまち》の中国式マッサージ店で働いていた。その店は中国政府から認可証をもらった人だけが働ける本格的な指圧店だった。ジャッキーチェンをはじめ、梅宮辰夫や山城新伍、山田邦子が映った写真が飾られている名店で、髪の毛の薄い牛乳瓶の底のようなメガネをかけた達人が店長だった。

彼女は五年間その店で勤めたあと独立した。出張専門の伝統医術として回春マッサージ師になったのだ。本格マッサージと本格回春マッサージを織り交ぜた施術は瞬く間に人気が出た。電話を受けて近くの公園の喫煙所かドンキホーテの水槽の前で待ち合わせをしてレンタルルームかビジネスホテルへ一緒に行き、施術後はホテルで解散する。ホテルから五パーセントのバックをもらい終了というやり方だった。客のほとんどは出張のビジネスマンばかりだった。稼ぎは良かったが、一年も保たなかった。ネット掲示板に変な噂が立ち、無理な要求をしてくる客が増えたのが原因だった。健全な回春マッサージとプライドを持って始めたつもりだったが、「ＳＫＲ《スッキリ》」「ＨＪ《ハンドジョブ》」「ＴＬ《トップレス》」など卑猥な隠語が並んだ。中国人の彼女にとって、そんな隠語の存在もましてや意味も知る術はなく、ただ性的サービスを期待する客が溢れ、時には強要されるようになった。

そんな時、現在の夫と偶然再会した。ふらりと入った中華料理屋の店長だった。彼は以前のマッサージ店の常連客でよく彼女が担当していたからすぐに分かった。それでもプライベートな話をするのはその時が初めてだった。同じ福建省出身で偶然実家も近かった。

彼女はそれからもしばらく仕事は続けた。回春の仕事でどんなに遅くなっても、電話を掛けたら店を開けてくれて食事を作ってくれた。そして仕事のことを聞いてくることは一切せず、逆に自分の作る料理の自慢を一方的にしてくるだけだった。でもそれが嬉しかった。福建省訛りの言葉も、浅黒い肌も、少し背の低いところも、嬉しかった。それだけで愛するに十分だった。

夫の背中をマッサージしながら、妻にはたくさんの思い出が蘇っていた。重い中華鍋を扱ってきた背筋の隆起が愛おしくてならなかった。ハオランがいないから、抱きしめてみた。妻もまた涙が溢れてきた。

ありがとう

傘をさした二人のフィリピン人の女性、アンジェラとベロニカが路地に現れる。アンジェラは伏目がちでどこか落ち着かない雰囲気。その横でベロニカが努めるような明るさで話しかけている。ベロニカがタガログ語でやや強い口調で話すと、アンジェラは少しだけ笑顔を浮かべる。ベロニカは店長の前に立ち、

ベロニカ「今日店誰も来ないよ」
店長「あぁ」
ベロニカ「店長、アンジェラのお母さん、おっぱいのガンだよ」
店長「……あぁ、そうなのか」
ベロニカ「寂しさをごまかす。だから笑ってるのよ」

アンジェラは無理に微笑んでいる。店長はアンジェラが父親をすでに癌で亡くしていることはベロニカから聞いて知っていた。人は皆悲しみと喜びを背負って生きる。俺はこの子に喜びを与えることが出来たか？
アンジェラはまだ何も話そうとはしなかった。泣いてはいない。どこか落ち着きのない雰囲気が続いていた。

ベロニカ「自分の口から言いなさい」
アンジェラ「ママ、私日本語分からないよ」
ベロニカ「だめよ。良いから」
アンジェラ「日本語話せないって」
ベロニカ「知ってる日本語でいいでしょ」
アンジェラ「知ってる日本語にないのよ」
ベロニカ「もう……本当にこの子は……」
アンジェラ「ママ、代わりに」
ベロニカ「おっぱいのガンのことはもう言ったよ」

アンジェラ「そうなの？　ありがとう」
ベロニカ「ありがとうくらい日本語で分かるでしょ……アリガトよ」
アンジェラ「それは分かるけど」
ベロニカ「それ言えばいいのよ」
アンジェラ「それは、だって、それだけ言っても変でしょ」

店長は二人の方に歩いていき、アンジェラを抱きしめてタガログ語で「またいつでもおいで」と耳元で伝える。
アンジェラの目に涙が溢れた。

アンジェラ「ありがとうございましたぁ」

見送る客に言うような口調で、精一杯の明るい声だった。店長は静かに微笑み、ベロニカもつられて笑っている。アンジェラは二人が笑っている意味が分からない様子。店長はベロニカとアンジェラに店に戻るように指示する。二人は手を繋いで店へ戻っていく。私にはここにも家族がいるの。またきっと戻ってくる。アンジェラはベロニカの手をぎゅっと握りしめる。

店長は中華料理屋「福福飯店」の方に歩いていく。

子供は夢中になる

中華料理屋の店の奥でハオランがカウンター席に座っている。ハオランは鉛筆を持って算数のドリルをやっているように見せて実際はタブレットでアニメを見ている。六十年代の古い中国のアニメが特に好きだ。水墨画のようなタッチの画風で動きが海中を彷徨うタコのように滑らかで魅力的だ。中でも「西遊記」「山水情」「漁童」などは特にお気に入りで数え切れないほど繰り返し観ている。その時代の中国だから生み出すことの出来た純国産アニメ。社会主義国だから費やすことの出来た膨大な制作時間と金。グローバルマーケットをまるで無視したから出来る美の極致には潔さがある。優れた芸術だからこそ今もこうして母国を離れた子供たちに届き、夢中にさせている。

大人は雨に濡れる

フィリピンパブの店長は雨の中、中華料理屋の店主が戻ってくるまで立っている。少し背筋の曲がった後ろ姿、夜の街を生き、去っていった亡霊たちが優しく支えている。本人にとってはわずかな時間に感じたが、仕立てのいいジャケットの濡れ具合は雑巾のように絞れるほどだ。

しばらくしてマッサージを終えたハオランの両親が店に戻ってくる。ハオランはすぐにタブレットを閉じて、先手をとる。

ハオラン「おかえり」
父「ただいま」
母「宿題やってたの？」
ハオラン「やってたよ。もう終わるよ」

父親はフィリピンパブの店長を見てすぐに餃子を焼きだす。すでに蒸籠で蒸していた餃子を取り出し、フライパンに油を入れその上に餃子を並べていく。皮の底面を焼くためだ。出来上がりまでは三分もかからない。フィリピンパブの店長は四百五十円を支払い、テイクアウトする。

見つめ合う

フィリピンパブの店長はベトナムレストランの店先の簡易なテラス席に腰を下ろす。店内のビンが窓越しに店長を確認すると外に出て、店長が食べている姿を静かに見る。しばらく見てから、折り畳み式の雨除けを伸ばす。ずいぶん錆び付いて奥歯が浮くような軋み音が響く。ビンは店内に向かって何かを叫ぶ。リンがコップ一杯の水を持ってくる。ビンは受け取り、店長の前に置く。店長は気に留めず餃子を食べ続ける。箸の持ち方が汚く、餃子の食べ方も咀嚼の仕方にも育ちの質が伝わってくる。餃子は端から食べない。真ん中をくの字に折り曲げるように口の中に詰め込んでいく。一つ目の餃子を嚥下する前に二つ目を口に放り込む。三つ目を箸で摑もうとした時、ハエが近くを飛び回る。いつものことだからいつものような手つきで簡単に追い払う。毒を持っているわけではない。

ビンはじっと店長を見つめている。リンは入り口に体を寄りかからせ、静かに二人を見ている。その姿は店内に飾られてあるジェームズ・ディーンのポスターによく似ている。店長は餃子を食べ終わり、コップの水を一気に飲み干すと加熱式タバコを吸いだす。ジャケットの内ポケットから靴と同じコードヴァンの長財布を取り出し、二つ折りを展開させたところでビンが手を伸ばし制する。しばらく見つめ合ったあとゆっくり財布を戻す。店長は壁にもたれ掛かり、シャツの第二ボタンまでを開ける。飯を食ったから少しだけ暑くなってきた。股座《またぐら》も広げ、熱を放散させる。ビンは動かずじっと店長の方を見て、トランプを出す。店長の反応を気にせずビンはトランプをシャッフルして配りだす。

リン「また負けるんだろ」
ビン「大丈夫、まぁ見てろって」

一ゲーム目、二ゲーム目と店長は数ターンでフォールドする。ビンはその度に得意顔を見せるが、リンは素っ気なく返す。ポーカーは心理ゲーム、徐々にお互いの表情や所作を観察するような目つきになってくる。その雰囲気を察して戸口に立っていたリンがビンの後ろに周り、肩に手を置く。ビンの緊張が伝わってくる。リンはビンを応援したいわけではない。心理を探り、見つめ合う二人への嫉妬だ。

店長「オールイン」

ビンの額に油分を含んだ汗が噴き出してくる。ビンも有り金の全てを場に出す。
中華料理屋からハオランが外に出てきて、店長の背後から覗き込む。次いでハオランの両親が出て来て戦況を見つめる。
結局、ビンは大負けする。

嫉妬を返す

フィリピンパブの店長を残して皆自分の店の中へ戻っていく。ビンとリンはポーカーの戦いを振り返り、なぜ勝てなかったのか、どこが弱いのか、ブラフはどうかけるのかなどを話し合っている。顔つきや声かけで相手の癖を引き出す方法はないのか。

リン「サングラスしてみたら？」
ビン「サングラス！　お前天才！　その方法で勝てるぞ！　サングラスある？」
リン「俺が持っている。釣りをやる時に使っているやつ」
ビン「貸してくれ」
リン「探してくる」
ビン「そうか、サングラスかぁ。全然気づかなかったよ。ハハハ」

リンはサングラスを見つけてきてビンに渡す。

リン「すごい似合ってる！　かっこいい！」
ビン「本当？」
リン「ジェームズ・ディーンと同じ格好してみて」
ビン「ジェームズ・ディーンか。こんな感じ？」

ビンはその通りにポーズを決めてみる。

リン「（指笛を鳴らして）フーーー最高！　ビン歌って！」
ビン「何を？」
リン「ほらギター持って」
ビン「だから何を」
リン「なんでもいいよ。じゃあ、サングラスの歌」
ビン「なんだよそれ」

リン「作って歌ってよ」
ビン「サングラスの歌か」
ビンはアコースティックギターを弾きだす。
ビン「サングラス　サングラス　黒いメガネ　かっこいいサングラス　これサングラスかけてるとギター弾きづらいんだけど　サングラス　サングラス　俺はかっこいい……サイゴンブラザーズ　美味しいバインミー」
リンは椅子から落ちそうなくらいに爆笑する。

手を叩こう

ハオランは算数の宿題を再開する。

母はタブレットのスクリーンタイムをチェックする。
ハオランはチラチラと母親の方を見る。

母「ハオラン、またアニメ見てたんでしょ」
ハオラン「見てないよ。ずっと勉強していたよ」
母「ここ見たら分かるんだからほら」
ハオラン「見てないって！」
母「正直に言いなさい！」
ハオラン「見てない！」
母「犬飼ってもそれじゃ面倒みられないじゃない」
ハオラン「大丈夫だよ。その時は我慢するから」
母「やっぱり見てたんじゃない」
ハオラン「見てないって」
父「もういいじゃないか、ハオランは見てないって言っているんだから」
母「ハオランが自分で約束したことなんだから怒っているの」

父「まぁ、そうだけどさ」
母「じゃあ成績落ちていいの？」
父「別にそこまで言ってないだろ」
母「塾行かせるお金ないんだから家でやらないと」
父「またお金の話か」

ハオランはタブレットを操作してユーチューブで音楽をかけ、歌いだす。

如果感到幸福你就拍拍手　（幸せなら手を叩こう）
如果感到幸福你就拍拍手　（幸せなら手を叩こう）
如果感到幸福就快快拍拍手呀　（幸せなら態度でしめそうよ）
看哪大家都一斉拍拍手　（ほらみんなで手を叩こう）

二番が始まると父親が参加しだす。

如果感到幸福你就跺跺脚　（幸せなら足ならそう）
如果感到幸福你就跺跺脚　（幸せなら足ならそう）
如果感到幸福就快快跺跺脚呀　（幸せなら態度でしめそうよ）
看哪大家都一斉跺跺脚　（ほらみんなで足ならそう）
…………

三番からは母親も参加する。
ハオランがだんだん歌のペースを早めていくと最後はメチャクチャになる。三人は笑ってしまう。

マハルキタ

ポーカー対決が終わり、フィリピンパブの店長は二階に上がっていく。ゆっくりと一段一段踏みしめながら自分の店「潮（Ｕｓｈｉｏ）」に入っていく。

ベルの音が軽やかに響く扉を開けると元気一杯のアンジェラとベロニカの声が飛び込んでくる。

ベロニカ「いらっしゃい！　店長！　待ってたよ！　何か歌って！」

アンジェラ「一緒に歌おう！」

タンバリンや鈴などの鳴り物楽器の音が盛大に響く。店長は少し照れ臭そうな表情を浮かべて扉を閉めるとすぐにマイクを握らされる。

店長「なんで俺が歌うんだよ」

アンジェラは「Ｍａｈａｌ Ｋｉｔａ（愛してる）」をリクエストする。ベロニカがカラオケを入れる。一番はあなたの部分を「店長」に替えて歌う。二番は店長を見つめながら。もちろんアンジェラは店長がタガログ語を理解していないのは分かっていたが、もし分かっていたとしても堂々と歌っていただろう。

① Ako sa'yo'y nagtataka	（私は店長に驚くよ）
Parang nagbago na'ng damdamin mo sa'kin	（店長の私への気持ちがもう変わったことに）
'Di ka namamansin	（私に興味がなくなったんだね）
Bakit ba? Sabihin mo nang malaman ko	（なぜ？　言ってよ……私が知った時）
Nagkulang ba ako?	（間違ってるのは私なの？）
Lagi kang may tampo	（店長はいつも不満を抱えてる）
	（コーラス）
Mahal kita 'Yan ay alam mo na	（愛してる それはもう知ってるよね）
Huwag kang mag-iisip na ako	（店長は私のことを考えてない）
Ay nagbago na sa'yo	（もう店長は変わったんだね）
'Di ko magagawa	（私は何も出来ないよ）
Kung nagkulang man ako	（もし私が間違っていたならたとえ私であっても）
Ako'y patawarin mo, Mahal ko	（私を許して 私の愛しい人）

② Kailan man, asahan mo	（いつまでも 期待してるよ）
Ako'y tapat sa'yo	（私は あなたに誠実だよ）
'Di na magbabago damdamin kong ito	（私のこの気持ちは もう変わらない）
Lagi ka sa isip ko minamahal kita	（いつでもあなたを思ってる 愛してるよ）
Tunay sa puso ko	（私の心は本当だよ）
'Yan ay pangako ko	（私は約束するわ）
	（コーラス）
Mahal kita 'Yan ay alam mo na	（愛してる それはもう知ってるよね）
Huwag kang mag-iisip na ako	（あなたは私のことを考えてない）
Ay nagbago na sa'yo	（もうあなたは変わったんだね）
'Di ko magagawa	（私は何も出来ないよ）
Kung nagkulang man ako	（もし私が間違っていたなら たとえ私であっても）
Ako'y patawarin mo, sana	（私を許して それを願ってる）

店長は雰囲気でなんとなく歌を合わせるようにしてみるが、上手くいかない自分に笑ってしまう。

店長「こんなん無理やって」
ベロニカ「ほら頑張って」
店長「なんやねんこれ」
ベロニカ「アンジェラと見つめ合って」
店長「何いうとんねん」

アンジェラは店長のことを愛していた。

幸せになりたい

スナック「ルビィ」から音楽が聞こえてくる。カラオケを歌う声が聞こえてくる。

曲は柳ジョージの「コインランドリー・ブルース」だ。

真夜中の　コインランドリー　冷たい雨が　窓を叩いて
最後の服を　洗い終わったら　此の街を出て行こう　（ママ「バッチリ」）
寝静まった　夜更けの通りに　此処だけが　明かりを点けてた
俺たち二人が　初めて逢った夜も　まるで灯台の灯のように　（ママ「バッチリよ」）
北の国で生まれたおまえは　場末のみじめなダンサー
二歳《ふたつ》になる子供を人にあずけたまま　此の街で二十歳《はたち》になった
俺といえば　昔のつまらない事件を　未だに忘れられずに
逃げるたびに嘘を覚えて　その嘘からまた逃げてきた
俺たちは　ただの魚さ　河の流れまでは　変えられない
流れてゆく　海もまたひとつだけ　だから　その日だけが俺たちのすべて
どれくらい　ふたりで働いたら　幸せが買えるだろう
抱かれるたびに諦めたようにつぶやく　お前が愛おしい
俺たちは　ただの魚さ　河の流れまでは　変えられない

流れてゆく　海もまたひとつだけ　だから　その日だけが俺たちのすべて
俺たちは　ただの魚さ　河の流れまでは　変えられない
流れつづけて　生きてゆけるなら　お前の言った幸せも買えるだろう
真夜中の　コインランドリー　冷たい雨が　窓を叩いて
濡れた心乾かせたら　此の嫌な街　出て行こう
（最高）

途中、ママの「バッチリ」「バッチリよ」の合いの手が気持ちよく入ってくる。後奏が流れる中、ママがマイクに向かって叫ぶ。

ママ「あんた幸せになりなさいよ」

街は様子を変える

街角に一瞬の静寂が訪れ、靄はさらに濃度を増す。雨が地面に跳ね返る音が反響し重なり合い、小川の水面に耳を近づけているかのような近さで飛んでくる。それに重なるように長く横たわる音の雲がやってくる。雲のような音。音のような雲。

音源はどこからか、どこの店からか分からない。よく分からない表現になってしまうのはあまりにも聞きなれない音質だからだ。だが、少しずつ楽曲として形成されていくと分かる。これはサイバーパンクミュージック？　でも楽曲のように整ったものではなく、ノイズに近い。これまでも数々の音がこの作品を形成していたから突然雰囲気が変わったとは思わないが、たった一つのデジタルノイズが脳のスイッチを押し、サイバーパンク感を猛烈に感じさせる。私は劇場に来る道中シャッター街に成り果てた歓楽街を歩きながらサイバーパンクな世界を妄想しただけに、さらにこの作品との強い因果関係を感じたくなる。

突然、舞台セットの基本色を作っていた照明がシャッターを下ろすように消えていく。それはこれまでの変化とはまるで違う分かりやすい闇の訪れ方だった。それとともに街を彩る極彩色のネオンたちが目に痛いほど激しく浮き上がってくる。照明がデザイン性を増していくのだ。デジタルノイズの背後に回ったが雨音は聞こえる。雨はまだ降っている。

男は戸惑う

デジタル音がうねりを激しくさせる中、中華料理屋からハオランが出てくる。ハオランは周りを警戒するように静かに歩く。街のネオンがギラギラと脈動している。ハオランは隣のベトナムレストランを覗く。コインランドリーもスナックも、通りも注意深く観察する。誰も現れる気配がないし、自分を気にしている人はいない。地蔵のところに行き、陶器で出来た賽銭箱を地面に叩きつけて割り、飛び散った小銭を集める。一円や五円ばかりだが残らず拾い上げポケットに入れる。小銭がぶつかり合う音を立てないようにポケットを気にしながらゆっくりと歩きだす。遠くに雷鳴が轟く。ハオランはコインランドリーに到着する。集めた小銭を占いの機械に入れてみるが反応がない。五円もダメ、一円もダメ、この五円は、ダメ、この一円は、ダメ。ダメだった小銭が機械の下に溜まっていく。それでも期待している。いつかきっと動く。

男は静かにハオランの背後に近寄る。ポケットに手を捻じ込み、小銭を一掴みして手のひらで百円を探す。しかし十円玉ばかり。いくら探してもない。仕方なく千円札を両替し、ハオランに二百円を渡す。ハオランは二百円を受け取り、占いの機械に入れる。『テヲノセテクダサイ』と機械が言う。ハオランは自分で生年月日を入力すると『テヲハナシテクダサイ。アリガトウゴザイマシタ』と機械が言い、程なくしてプラスチックボールが落ちてくる。それを開け、紙を広げるが、当然ハオランには日本語が読めない。躊躇なく男に紙を渡す。男は困る。

(読めはするが、話せないんだよ。言葉を失ってしまったんだ。申し訳ないな。でも一通り文面に目を通したよ。末吉だけど悪いことは書いていないよ。)

ハオランに紙を返す。ハオランは占いの紙を受け取らず、寂しそうに肩を落とし戻っていく。悪いことをした。お店には入りづらい。ハオランは顔をあげてみると母親がタオルを持って待っていた。ハオランの濡れた髪を優しく丁寧に拭く。

男は落ち着いている

サイバーパンク音楽はゆっくりと落ちていくが、消え去りそうなところで踏みとどまっている。しばらくして深い重低音が鳴りだす。空を覆い尽くす巨大なオーロラが、悠々とドレープを動かすように迫ってくる。

すると、トイレから男に瓜二つの男が出てくる。顔も体つきも同じで歩き方も似ている。路地をゆっくりと歩いて、近づいてくる。男も数歩近づく。怖かったのだ。真横に立ち、

瓜二つの男「何か？　困ったことでも？」

男の喉は詰まっていく、何か声を出したいと思うが、声門が癒着しているようだ。

瓜二つの男「さようなら」

男は瓜二つの男の背中を過ぎ去るまで見続けた。恐れはもうなく、不思議なことだとも思わなかった。しかしこの音楽は不思議だ。先ほど「さようなら」と右耳で聞こえたのなら今両耳で知覚しているこの音楽は幻聴ではないだろうと男は思う。

路地に目を落とすと鮮やかな桃色のラインが真っ直ぐ伸びている。廃液と油で濡れた路地に一閃の光の筋が通り抜けている。そしてすぐに消えた。男はすでにこの数々の幻覚に慣れてきている。その証拠に桃色の閃光が消えたところに油まみれのビー玉が落ちていることに気付けた。随分人に踏まれてきたのだろう、地面にめり込んでいる。男はポケットから十円玉を出してビー玉を掘り上げようとする。少しだけ手間取ったが、簡単に取れる。なんの変哲もない緑色のビー玉だった。これは幻覚でもなんでもなく、本当にそこにあっただけのビー玉。握りしめてまた開いてみるが、やはりある。

音楽が私の呼吸を乱していた。退廃的な曲調からアップテンポの曲調に変わり、かと思えばすぐさま顔色を変え瞑想的な雰囲気をもたらす。その変わり身の早さに呼吸が乱されてしまう。呼吸は乱れるが、吐き気がするほど気分が悪くなるわけではない。ただ、これから先はどうなるのか分からない。少しだけ心配だ。元々耳がそんなに強くない。慢性中耳炎を持っている上に性来《うまれつき》三半規管が弱い。重低音が鼓膜を激しく振動させ続けると……もたない気がする。そう思うと少しだけ居心地が悪くなってしまう。

男は諦める

突然に静寂が訪れる。それとともに、コインランドリーの中の乾燥機の音、洗濯槽の回転する音が聞こえてくる。しばらくは規則正しく正常な運動を続けるが、やがて重なり合い、時にエラー音が鳴りだす。

男は振り返ると故障していたはずの乾燥機も激しく揺れている。両替機や蛍光灯も音を立てだす。両替機は紙幣の入れ口からノイズ音が、蛍光灯からも明滅する手前のノイズ音を出している。ハンバーガーやカップ麵の自動販売機、アルコールの自動販売機、占いの機械もまるで悲鳴を上げるように機械音を出す。男は乾燥機の近くに寄って様子を伺うが、何が起きているのか分からない。だが、慌てることもない。きっとこれも幻なのだろう。

たとえ幻でなかったとしても今日の自分が不思議と感じることもないのだろう。どちらでも良いという諦めに近かった。これまでの人生色んなことを諦めてきた。不幸せからも幸せからも逃げたい。優しい人間にはなりたいと思っている。それだけなのだ。

街は沈む

街中にコインランドリーからの異音は伝わり、街の人たちが次々に集まってくる。先ずベトナム人の二人、リンとビンが店から出てくる。その後二階からフィリピンパブの店長が降りてくる。それに次いでベロニカとアンジェラが現れる。三人とも階段を降りる音を全く立てず、柔らかい足取りで降りてくる。ほとんど同時のタイミングで「ルビィ」のママ、ハオランとその両親が店から出てくる。ハオランは両親を離れ、小走りでコインランドリーに行く。まだ人は集まってくる。ラジオ好きのおっさんが現れ、忘れ物でファッションショーをやっていた老婆二人、車椅子の女が現れる。

これでお地蔵さんも動いたら面白いのにとしばらく妄想をしていると、舞台上に大勢の人が集まってきた。暗くて分かりづらいが総勢五十人以上いる。どこにこれだけの人間が待機していたのか。この劇場にそんなスペースがあるというのか。このシーンだけ登場するエキストラの人、劇場の人もいるだろう。県民の人たち？　外に待っていた？　コロナ禍でこの演出をすることはかなりリスクがあるはず。

その人々の動きはまるで野外コンサートを見つけて集まってきた通行人のようだった。または花火の音を聞きつけて集まってきた人たち。何か楽しいことでも起きるかのように、皆一様に微笑みを浮かべている。アルカイックスマイル。そうだ、アルカイックスマイルだ。そのおかげでゾンビが集まってくるようには見えない。人間として生きている。きっと今私もこの人数に圧倒されて、ちょっと笑ってしまっている。

男は一人窺い知れない表情を浮かべている。悲しいでもない、困惑しているわけでもない。自分の記憶を辿っているような。焚き火を目の前にすると無意識に出てしまう表情だ。

人が集まってくるまでの時間、街角を覆う靄が灯を一つ一つ消していく。街を彩っていたネオン看板も電飾も次々に、まるで意思を持った舞台照明のように、または一つの生命体としての街を思わせるように消えていく。最後に路地に立つ街灯も消えていく。その中で青白くコインランドリーだけが僅かな輪郭を静かに残している。この色はスナックのママの昼寝が起こした夢の色と同じだった。青白く、僅かに水苔の色が混ざったような。汚い水質の池のような色。あのデパートの。

曲が変化していく。もちろんそうだろう。次の展開を見せてくれ。前のめりの状態とは裏腹に、末端の毛細血管に行き渡るほどに重なり合っていくデジタル音楽がさらに私の呼吸を乱していく。そしてしばらくして音は遠ざかっていった。音の消え方、遠ざかり方は実に気持ちの良いものだった。タイガーバームを塗られた胸のような気さえした。音が消えると舞台上の大勢の人たちは来た道を戻っていった。無音の中動く百本の脚の動き、その音は寒気がするほど美しい生音だった。デジタル音が続いていた中で特に際立ったインパクトを与えた。そして男だけを残して皆いなくなった。

時間が刻々と過ぎていく。長く長く続いていた音楽も雨の音も聞こえない。腹を満たしたカラスが数羽暗闇を求めて西の空に消えていくと、朝日の先端が空を色付かせる。路面を鮮やかに彩っていた虹は薄れて、強い黄金色の陽光に洗い流されていく。

冒頭で一度体験した美しい黄金色の照明だが、綺麗だとは思わなかった。自分がこの作品を見つめる間に変わってしまったことを実感させられた。何か落ち着かない、苛々する感覚が背骨の一骨一骨を揺らしていた。照明がセピア色にも見えるせいか。少しだけマスクをずらしてみると、これまで多彩に重なり合っていた匂いが全て消え去っていた。

女は店を閉める

男は誰もいないコインランドリーの中に座っている。動く気配もない。女が現れ、洗濯機や乾燥機、占いの機械などのコンセントを抜いていく。ホットスナックの自動販売機の電源を落とし、お釣りの出口と商品の出口を確かめる。すでに冷たくなったハンバーガーの箱がある。女は男の方を向いてその箱を示し、女「ん？」

男はそれを受け取る。女は一歩ランドリー内に入り店内を見渡してから外に出る。傘の柄の方を持ち直し、壁についているブレーカーを落とす。全ての機械の通電音が落ちる。限りなく無音まで音が消え去る。

女「今日で終わり、閉めるのよ」

女は二度地面を傘の先で打つ。

女「色々あってね」

その色々を思い出したから、上手くいかない人生を振り払う二発だった。女はコインランドリーを眺める。長い間よく頑張ってくれた。男もコインランドリーを眺める。

二人は何分そのままだったろう。微動もせずに。客席からは表情が見えず、どのような感情なのか推察する手がない。それでも女の真っ直ぐに立てない後ろ姿が、上演が始まってから起きた数々の出来事を思い返す時間を与えてくれる。それだけではない。片足の悪い女が何故この街にいて、どのようにしてこのコインランドリーを開くことになったのかを想像させた。

私の仮説はこうだ。まずこの作品の時代設定は二〇二一年ではなく、遠い未来の話なのではないか。例えば、東京以外は廃墟になっているような未来。この神奈川県横浜市といえども人口の減少は止められない。僅か三十年後の二〇五〇年は七百万人台になるシミュレーターを信じ、加速する少子化を鑑みると二十二世紀はいたるところに廃墟が生まれるだろう。そのような未来の話なのではないだろうか。

そして登場人物たちはかつてこの街に住んで生活していた住人の亡霊。その亡霊はそれぞれ別の時間を生きている。例えば、あの中国人家族とベトナム人は生きていた時、時間を共有していない。無言の男とコインランドリーのオーナーらしき女だけがこの作品の「今」を共有している。つまり生きている。そしてその両方を行き来している「ハオラン」という少女。劇中、無言の男とコインランドリーのオーナーだけが客席の方を見ていたはずだが、あれもこの仮説の裏付けにはならないだろうか？　何よりこの二人以外明確なコミュニケーションをとっていない演出になっているのはそういうことではないだろうかと推察する。特に身体の接触が極端に少ない。もちろんこの推察に矛盾するシーンはたくさんある。無言ではあるが、コミュニケーションを感じるシーンがたくさんあったから。特にフィリピンパブの店長らしき男は色々な人と絡んでいたと言える……やっぱり考えても分からない。生の舞台は記憶力との戦いだが、ここまでセリフの削ぎ落とされた作品だと記憶を呼び起こすための取っ掛かりが少なくて難しい。

もしかして全ての時間、空間が曖昧？　つまり量子のもつれ、エンタングルメントとして演出したのかもしれない。時間と空間を瞬時に繋ぐなんてスピ系の薄気味悪い考えをしたくもなるほど不可解な部分が多い。演劇で不可解なものって、巻き戻し出来ないから難しい。いや、難しくさせているのは私の方か？　見ようによっては実にシンプルな話でもある。フライヤーやネット媒体でも紹介されていたあらすじにあるように、古い飲食店街にあるコインランドリーの営業最終日の話で、なじみの客が別れを惜しむように訪れる、だったっけ。そんな人間ドラマがシンプルに描かれていることには間違いない。あらすじの文言に偽りは一切ない。でも、果たしてそれだけなのかと思ってしまう。作り手は「あらすじ通りです。」

というだけで処理してきそうな気がするのが腹立たしい。あとは受け取る側に委ねている、みたいなね。その場合は観劇好きのネット民に集中砲火を浴びればいい。でも、慎重に仮説を立てていきたいと思うのは当然だ。何か他に仮説を裏付けるヒントはないか。

そういえば時折挿入されていたニュース番組が「デザイナーベイビー」「神のハサミ」であるゲノム編集のことを話していた。やっぱり未来という仮説は正しいのではないだろうか。私は三年前からクリスパー・セラピューティクス株を保有していて、だからキャッチ出来た。あんな討論番組の音声を拾えたのは私くらいだろうと思うと鼻が高いが、倫理的な意味で後ろめたさもある。とはいえ米国株ETF以外で持っているのはゲノム系とAI関連株だから言い訳つかないか……そんなことどうでもいい、時間がもったいない……えぇとなんだっけ……。舞台美術にヒントはないだろうか。まさに忘れ去られた街といった感じだが、単なるノスタルジーで終わらない妙な質感がある。ネオン看板のせいか『ブレードランナー』の世界観と近いものも感じるが、もっと生々しい生活の匂いがする。生の人間が生の生活を見せている。生の人間が目の前にいるだけで「今」を感じるところが映画と演劇の決定的に違うところかもしれない。過去があり、現在があり、未来があり、それらが全て同時にある。三つの時間が同居した状態を「今」というのかもしれない。あれ? それってさっき思った量子論的な考えに近いのかな。思考の放散を止められない。

落ち着いて一旦舞台中心に据えられたコインランドリーのことを考えよう。何故「コインランドリー」なのだろうか。服を洗い、乾燥させる。この行為にヒントがあるのか。単にこの街の拠り所というだけなのか。そもそもこのコインランドリーは屋根だけがあって入り口がないから、店舗としてというより強引に作った場所なのか。女はコインランドリーを開きたいが金も場所もないから、産業廃棄場から盗んできて、それを飲食店街の一角に並べたとか？　あの俳優の顔つきは確かにそんな危なさ、偏った執念だけで生きている。そんな感じだった。偏見か。でも、機械の異音が重なり合うノイジーなシーンは機械が生き物のように声を上げ、別れを惜しんでいるようで、強い霊的現象を感じるものだった。いや、全ての人が霊魂だとしたら……どうだろう。一人一人はどうやって亡くなっていったのだろうか。老人たちは皆孤独を抱えているようだった。フィリピンパブの店長も二人組の老婆も先があるようには見えなかった。人生が詰んでいるように感じた。外国人たちにとっても決して生きやすい街ではないだろう。生きやすい国ではないから。劇場までの道中立ち寄ったあの街、野毛《のげ》、福富町《ふくとみちょう》。多国籍な歓楽街にシャッターの閉まった店が並んでいた。あそこで働いていた人たちはどこにいったのだろう。そう思うと、この作品に参加している外国の方たちの気骨に感服する。コロナ禍で異国の舞台に立つことが想像出来ただろうか。厳しい毎日を送りながら、どんな思いで参加したのだろうか。現実と舞台を混同していることは分かっている。あぁ、もうどちらでも良くなってきた……。

そんなことを考えていると、自分は一体何者なのだろうかと思う。それを知るのはとても辛いことだ。株価が乱高下するのに合わせて人生の意味も生きる価値も乱高下する毎日だ。私はなんて退屈な人間なのだ。頭がうるさい。分かっている。こんな人生いつだって終わらせていい。

上演時間は約九十分だったはず。そろそろ終わりなのか。そういえば隣のおっさん開始十分からずっと寝てたな。気持ちは分かるよ。「人間ドラマ」と捉えるのにはハードル高いよなこれ。いびきをかかなかっただけ良しとしなよ。上出来だ。

終盤に来て私はこの作品の終わりを見たいとは思わなくなる。このまま永遠に続けて欲しい。何度もループしてどこかへ連れて行って欲しい。この暴力的に脳内に溢れ出る無数の言葉を黙らせてくれ。それが出来るならきっとこの作品の本質を感じられるはずだから。そんなありもしない願いとともに椅子に座る背を正す。

生きていく

女は傘を杖代わりにしながら来た道を戻っていく。鍵束の音が遠ざかっていく。男は大きな風呂敷を二つ持ってその場に立ち尽くしている。「グルルルゥ……ウウウ」喉がよく鳴る。止められないほど鳴る。男はそれを不思議に思う。喉を触る。鳴っているのは喉ではないと気付く。音源を探すように、喉から胸、胸から腹へと手探りする。音は収まる気配はないと感じて諦める。男はポケットに入っていた鉛筆を取り出し壁に文字を書く。次に逆側のポケットに手を突っ込みハオランが引いた占くじを取り出す。どこかのゴミ箱に捨てるつもりだったから申し訳ないくらい皺くちゃになっている。それを伸ばそうとするがすぐに丸まってしまいなかなか伸びない。手の平を舐めて唾を使って伸ばす。ある程度伸ばしたところでテーブルの上に置く。だが紙は丸まってしまう。男は精一杯紙を伸ばす。何度も何度も手の平を舐めてアイロン代わりに伸ばすが、これ以上元には戻らない。男は諦めて、冷めたハンバーガーを食べながら女と逆方向に歩いて行く。

無人になった街。照明の変化はなく、また長い時間経つ。

『虹む街』

『脚本・演出　タニノクロウ』

とセットの一部に文字が浮かび上がる。

ちょっと臭く格好つけた感じで終わった。カーテンコールも終わり、私は言葉がまとまらないまま動けなかった。すると観客が皆舞台の方へ向かって歩きだす。間近で舞台を見られる時間が設けられていた。知らなかったな。偉そうにウェブで公演情報すら追ってこなかった。観客は蒼く寂しげな街を静かに眺めている。私も向かう。あらためて舞台美術の緻密さに驚く。驚く一方で演劇の未来を思った。この悲惨な社会状況下で、このような多くの人が共感出来ないものを世間は許すだろうか。言語化することの難しい、解釈を拒むような作品は生きていくことが出来るのだろうかと。そしてこの大掛かりなセット。どうせ終わったら全部壊すんだろう。ウッドショックだっていうのに、そんな持続可能性からほど遠い営みを続けられるだろうか。なんて、そんなことしか思えなくなった自分を酷く恥じている。素直に作品を受け止めて「名もないコインランドリーよ、こんな汚い世界を全て洗い流してくれ」なんてツイッターで呟くくらい応援してやれよ……出来ねぇな……。

まぁ良い。もうこの劇場を出ようと出口の方へ歩みを進めると、自分の歩く速度が少し遅いことに気づき、笑えた。舞台美術の前で俳優たちのあのスローな動きを真似してみたかったのだ。身体はいつだって正直だな。ラストシーンを思い出した。無言の男が壁に鉛筆で文字を書いていたはずだ。確か……この辺りだったっけ。

「いままで、ありがとうございました♡」

汚い字と汚いハートマークだった。

劇場を出て、海沿いを歩きたくなった。少しだけ肌寒さを感じたが海風が気持ちが良かった。雨が降っても悪くないと思った。人が大勢いる。公園内での営業許可が下りやすくなり点々と出店があった。そのうちの一つ、中華街で人気の店だという文句を掲げる屋台で餃子を頼んだ。国産黒豚を使った肉汁が溢れだす熱々の餃子だった。小籠包に近い感じでとても美味しかった。

黒い海を眺める。夜景が綺麗だと思う歳も過ぎたのか。この辺りにＩＲ誘致の話が持ち上がっていたっけ。魅力的なものが出来上がるのかな。カジノ、映画館、商業施設、劇場。人が集まるところばかり。家の中で殆どのエンタメは体験出来るのにわざわざそんなところに行くだろうか。そうそう、タニノクロウも以前ＶＲ作品を作っていたな。劇場でやっていたけど。

あれは面白いより前に酔った……すぐ気分が悪くなった。向いてないんだろうなＶＲ。そういえば……と数年前仕事でパリへ行く飛行機の中で観た映画を思い出す。時間潰すにはちょうどいいような、ガキんちょが観るような映画だったな。悲惨な現実を捨てた人間たちがＶＲの世界、仮想空間に生きている近未来を描いたディストピア感のある映画だったっけ。タイトルは確か『レディ・プレイヤー1』、スピルバーグだった。その最後のセリフが妙に残っていて、正確に思い出せなかったからスマホで調べようとした。面倒なことに電源が切れてた。観劇していたからね。電源を入れ直す。すぐに見つかる。

そうだこの言葉はこの映画の舞台となるデジタル仮想世界「オアシス」の創始者（プログラマー）の言葉だ。

「I created the OASIS（物語の中心になるＶＲのゲーム空間の名前）because I never felt at home in the real world. I just didn't know how to connect with people there. I was afraid for all my life, right up until the day I knew my life was ending. And that was when I realized that... as terrifying and painful as reality can be.」（私は現実世界に居心地の悪さを感じてオアシスを創り上げた。人とどうつながっていいのかが分からなくて。私は恐怖におびえながら人生を送ってきた。人生の終わりが来ると分かったその日まで。その時、私は気づいたんだ。現実は恐ろしくて苦痛に満ちている。）

確かに近い将来、仮想空間が人間の生きづらさを解決してくれるだろう。国籍も人種も性別も宗教も年齢も美醜も越えた世界が出来上がる。これほど魅力的なことはないだろう。私もそんなユートピアがあるなら体験してみたい。では、演劇に何が出来るだろうと思う。何を解決してくれるのだろうと思いを巡らせてみるが、長続きしない。演劇……これまではどうだったのだろう。何か社会を、世界をより良いものにしてきただろうか。まぁ、何かあったのかな。証拠のない何か……何か良いことあったのかな。結局深追いすることは諦める。スマホの画面をスクロールすると映画のセリフには続きがあった。

「it's also... the only place that... you can get a decent meal. Because, reality... is real.」（けど、うまい飯を食べられる唯一の場所なんだ。なぜなら、現実だけがリアルだから。）

そういえばタニノクロウは以前、何かのインタビューで「演劇と食い物屋は無くならない」と言っていたが、どういうつもりで言っていたのだろう。その真意を考えながらの帰路になりそうだ。と思ったが餃子を食って腹がずいぶんと良い感じだ。口の中をちょっとヤケドしたし。ビール飲みたいな。こんな時はビールだな。そのあとは麦焼酎を炭酸で割って三日月型のレモン絞って、浮かべて。野毛に寄って一杯引っかけていくか。あの市場の仲卸のおっさんの店行くか。そのあと都橋《みやこばし》商店街のスナックでも行って。カラオケはやっぱり柳ジョージか、うそうそサザンだろ、やっぱり。いや、最初は上田正樹の「悲しい色やね」歌おう。大阪に縁もゆかりもないけど、良い歌、好きなんだよな。天才カンチンファの歌詞最高だよ。出だしは確かこんな感じ。

「滲む街の灯を　二人見ていた。桟橋に停めた車にもたれて　泣いたらあかん　泣いたら切なくなるだけぇ」か、覚えてる覚えてる。バッチリじゃん。あれ？　これって、今日来た道戻っているってことかな。このインチキ臭いアジアンショップの看板見たような。あ、ほら「クライスラー」がある。

　スナックのママ、元気にしてるかな。

そうだ、来週久しぶりに実家にでも帰ってみるか。

了

日本音楽著作権協会（出）許諾第2104465-101号

あとがき

この本は実際に私自身が演出する舞台作品の脚本として書きました。通常の演劇の脚本とは違い、台詞らしい台詞はほとんどなく、登場人物の背景に関するト書きが多い。さらに観客視点の心の声が書かれている点で従来のものとは大きく違います。

アンジェラがなぜ泣いたのかをはじめ、ポーカー対決でリンが嫉妬する理由や、ハオランの母親がマッサージしながら涙するその訳などは、舞台上で直接は表現しません。

また、スナックのママが、見た夢を回想するところや、男がハオランに占いの紙を渡され動揺するところのように、登場人物の心の動きも多く書かれていますが、それらも直接は表現しません。

俳優たちが、演技を超えた曖昧な存在になり、観客にとってまるで街角の風景のように見える作品にするにはどうすればよいか——。

そのために、通常の戯曲では表現できないことを書くことにしました。つまり、小説なのか戯曲なのか「区分け」の曖昧な文章を、あえて書きました。

この「区分け」を曖昧にすることは台詞、音響、照明、匂い効果、舞台セットにも見られます。さまざまな言語を混ぜ、音像を変化させ（遠くの音が近くで聞こえる）、色が混ざり合うように照明を変化させ、各店舗からの匂いが漂ってくる。稲田美智子さんが手がけた舞台美術は、現代、過去、未来でもあるようなデザインになっています。

これらは全て「滲む」効果を狙ったものです。全てのものが境目無く混ざり合っている時間を演出したかったのです。

そして、制作面でも同じことが言えます。劇場周辺の地域の方に多く俳優として参加してもらい、プロとアマの混成チームにしました。また、稽古場を自由に見学できるようにもしました。劇場と劇場外の隔たりを取り除き、開かれた劇場にするというのは、二〇二一年度からKAAT神奈川芸術劇場の新芸術監督に就任された長塚圭史さんの掲げる大きなテーマです。

「虹む街」とは、執着やこだわりから解放されたシームレスな場所を意味し、それは演劇、劇場そのものでもあると言えます。もちろん理想です。実際はそんなことありません。

でも、そう信じて動き続けたいのです。

なんて、それ自体私の執着やこだわりなのでしょうか……。
私たちは、いま、「内面に向き合うこと」を強いられています。
生きてもいて死んでもいるかのような、「優しい亡霊」として。

長塚さんをはじめＫＡＡＴの皆様は、作品を立ち上げる前から常に寄り添ってくださいました。コロナ禍に突入し、創作意欲を失い、悩み苦しんだ時間も共有してくださいました。そして今再び、演劇を作ることの喜びを感じています。感謝をしてもしきれません。そして公演に関わって下さった皆様、編集の和久田さん、ありがとうございました。
あ、あと、野毛、福富町の飲み屋さん、私のボトル残しておいてね。もう少ししたら、たくさん行ける日が来ますから。

三度目の緊急事態宣言下で

タニノクロウ

特別付録――舞台美術資料

地図スケッチ

［タニノクロウ］

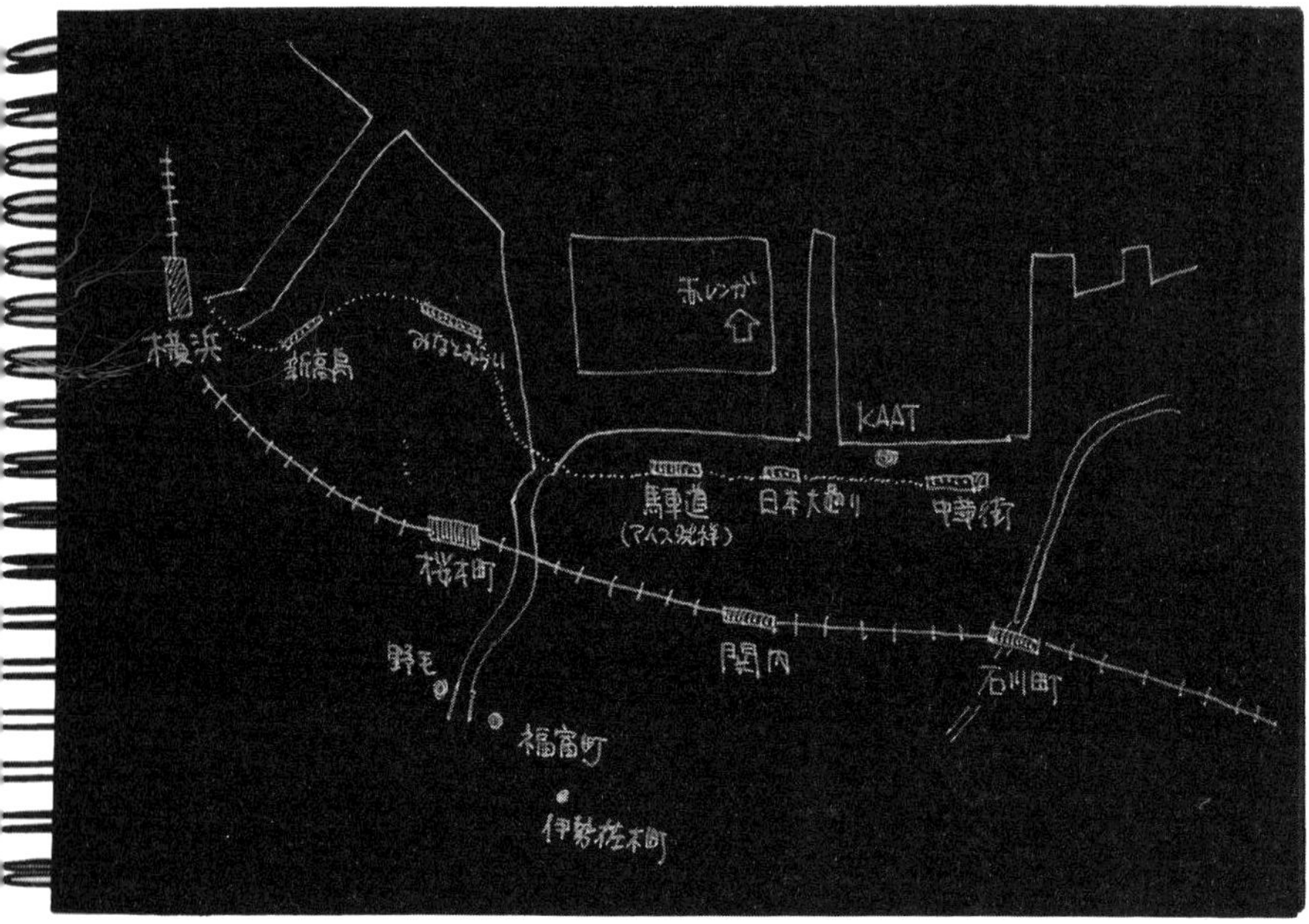

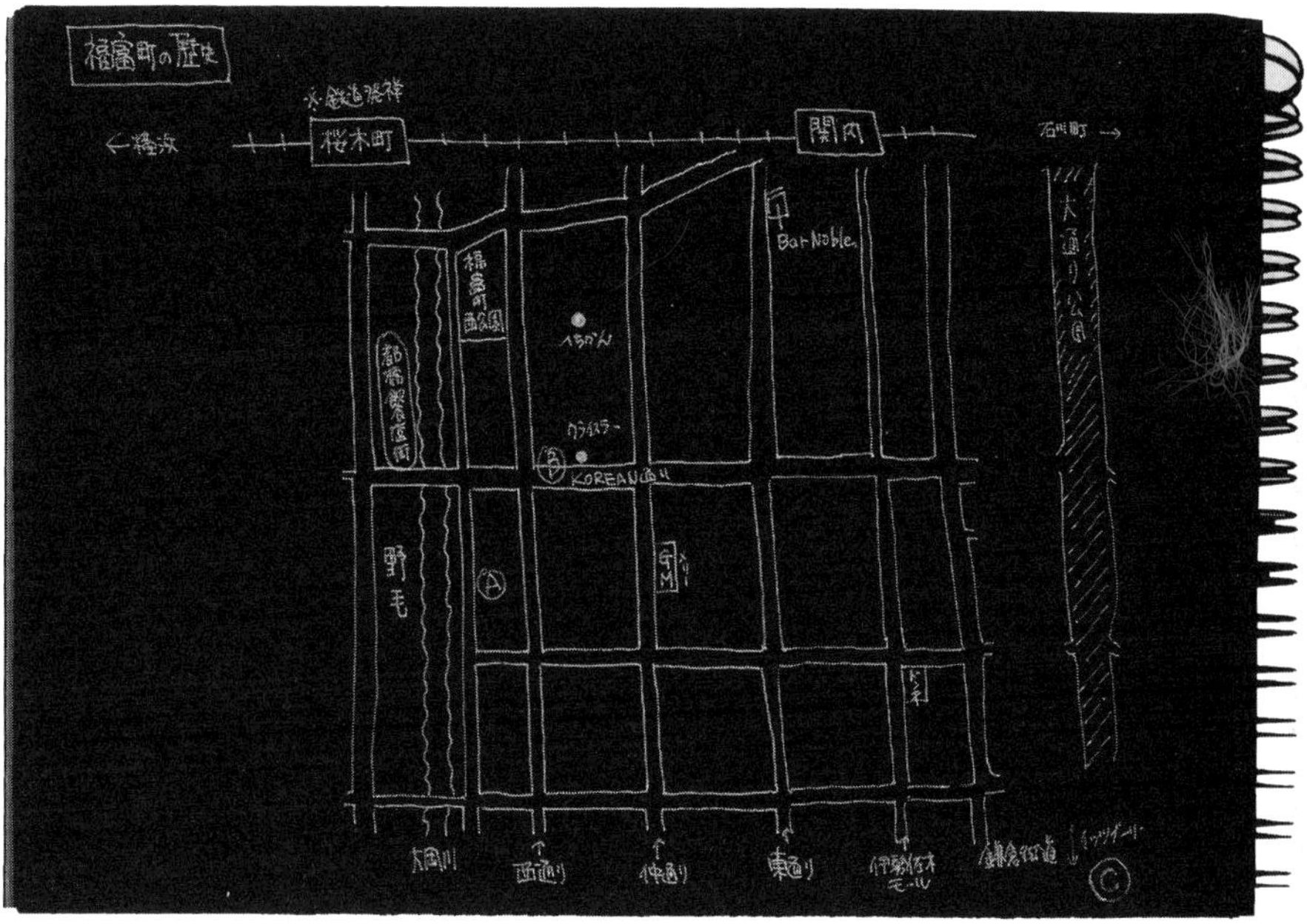
福富町の歴史
←横浜
桜木町
関内
石川町 →
Bar Noble
大通り公園
福富町西公園
都橋商店街
クライスラー
KOREAN通り
野毛
大岡川
西通り
仲通り
東通り
伊勢佐木モール
鎌倉街道

歴史スケッチ

[タニノクロウ]

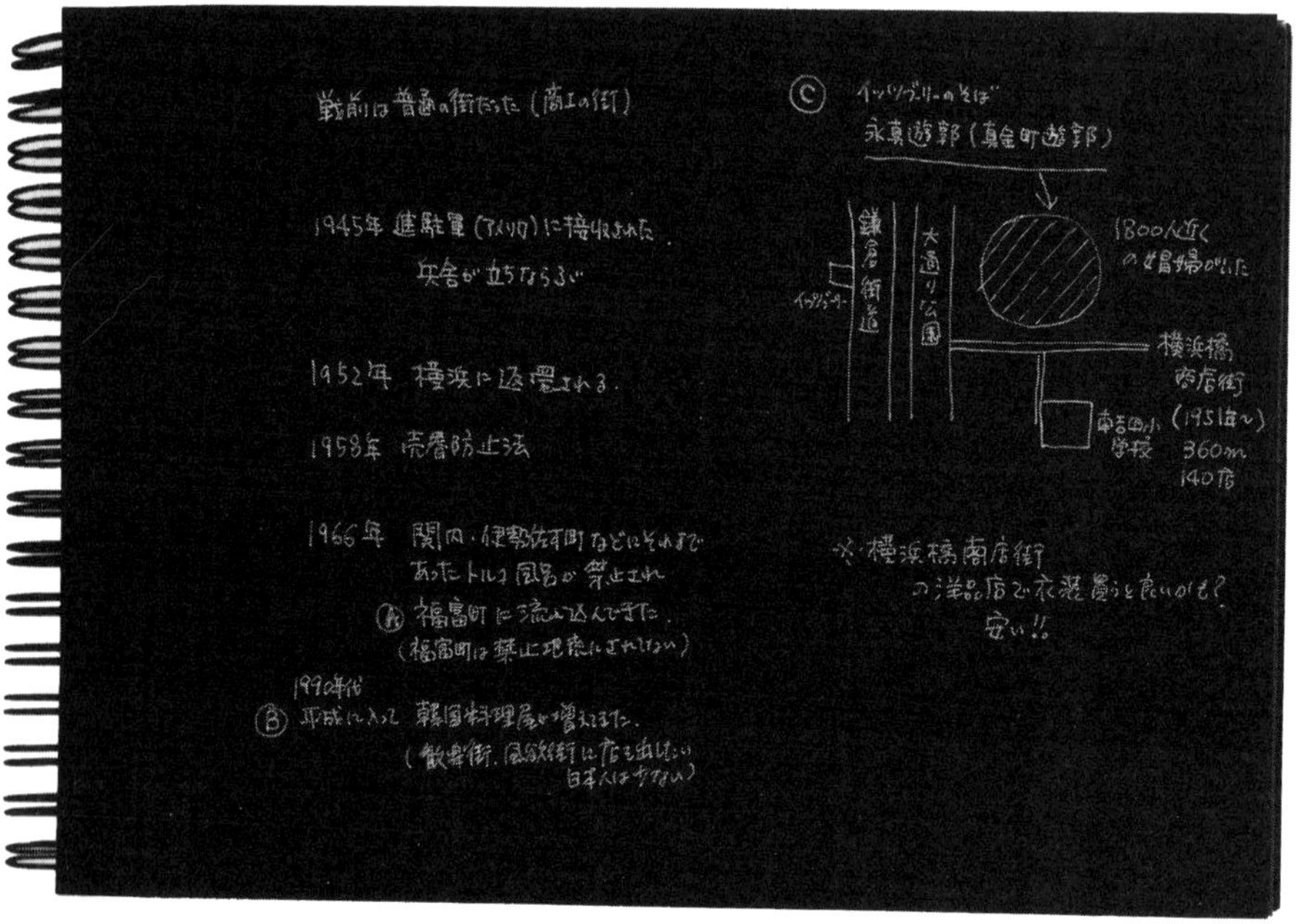
戦前は普通の街だった（商工の街）
1945年 進駐軍（アメリカ）に接収された.
兵舎が立ちならぶ
1952年 横浜に返還される.
1958年 売春防止法
1966年 関内・伊勢佐木町などにそれまであったトルコ風呂が禁止され
Ⓐ 福富町に流れ込んできた.
（福富町は禁止地域にされていない）
1990年代
Ⓑ 平成に入って 韓国料理屋が増えてきた.
（歓楽街、風俗街に店を出したい日本人は少ない）
Ⓒ
永真遊郭（真金町遊郭）
鎌倉街道
大通り公園
1800人近くの娼婦がいた
横浜橋商店街（1951年〜）360m 140店
南吉田小学校
※横浜橋商店街の洋品店で衣装買うと良いかも?
安い!!

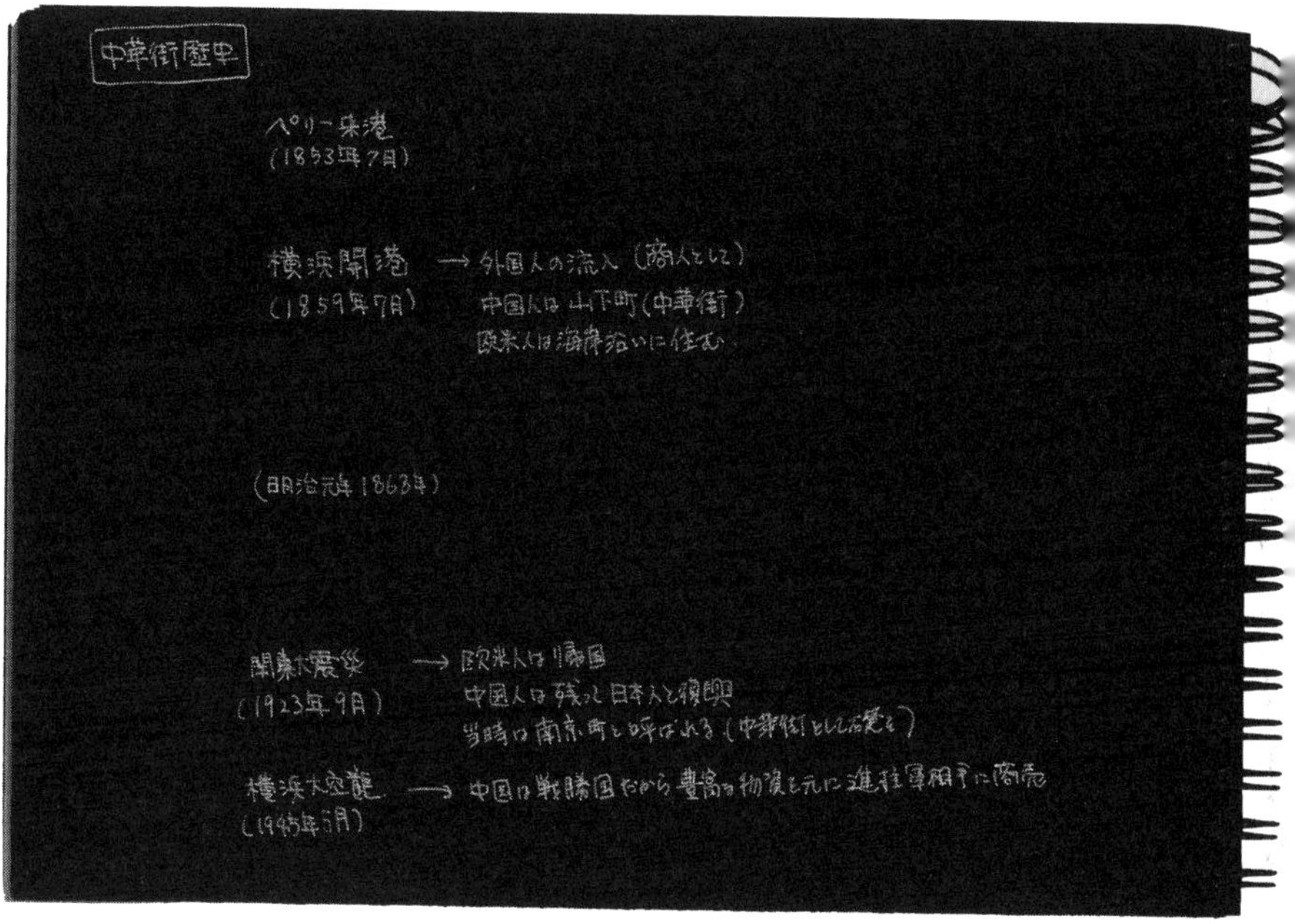
中華街歴史
ペリー来港
（1853年7月）
横浜開港 → 外国人の流入（商人として）
（1859年7月）
中国人は山下町（中華街）
欧米人は海岸沿いに住む。
（明治元年1868年）
関東大震災 → 欧米人は帰国
（1923年9月）
中国人は残って日本人と共存
当時は南京町と呼ばれる
横浜大空襲 → 中国は戦勝国だから豊富な物資を元に進駐軍相手に商売
（1945年5月）

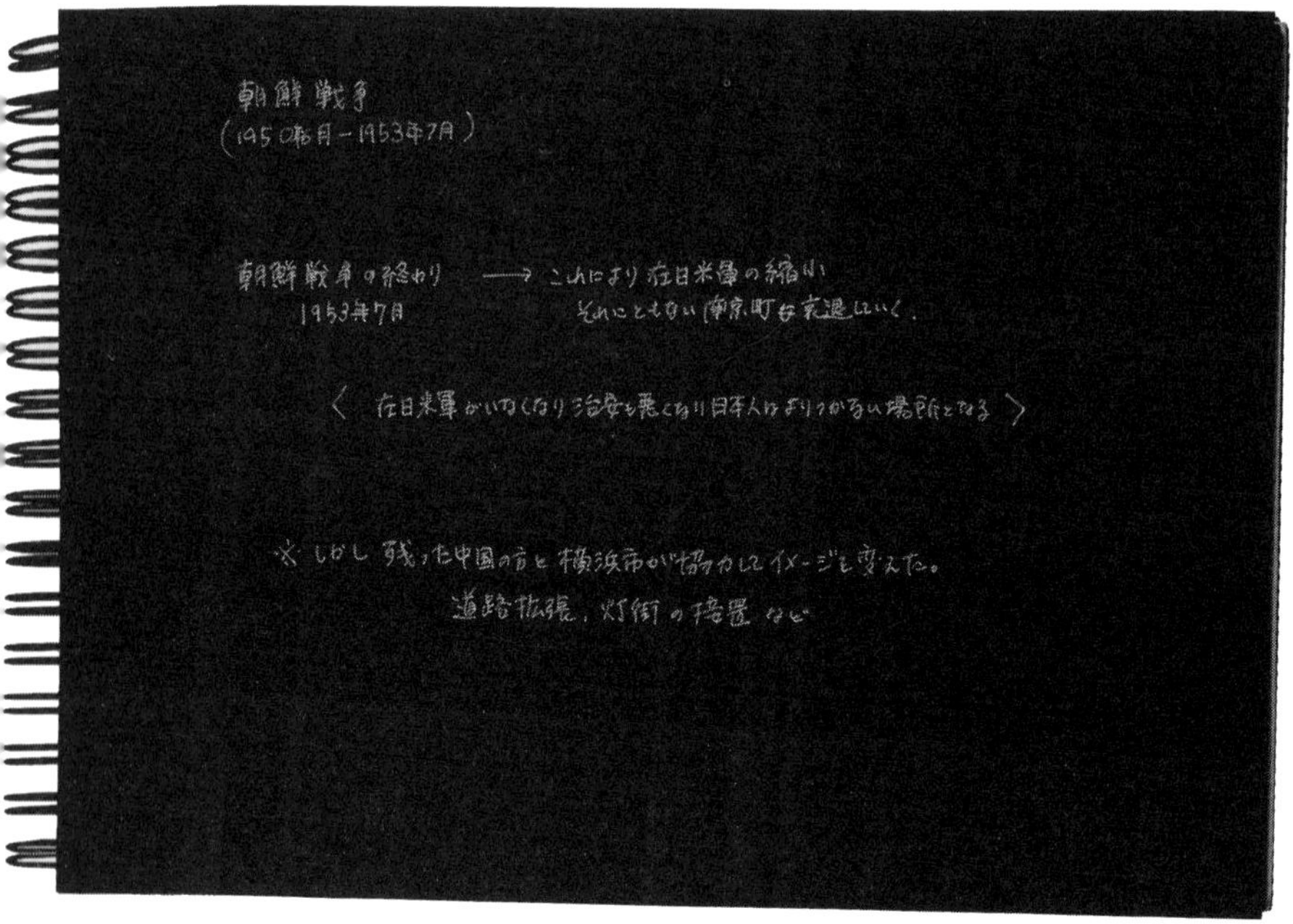
朝鮮戦争
（1950年6月－1953年7月）
朝鮮戦争の終わり
1953年7月
→ これにより在日米軍の縮小
それにともない南京町が衰退していく。
〈 在日米軍がいなくなり治安も悪くなり日本人がよりつかない場所となる 〉
※しかし残った中国の方と横浜市が協力してイメージを変えた。
道路拡張、灯街の設置など

美術スケッチ

〔稲田美智子〕

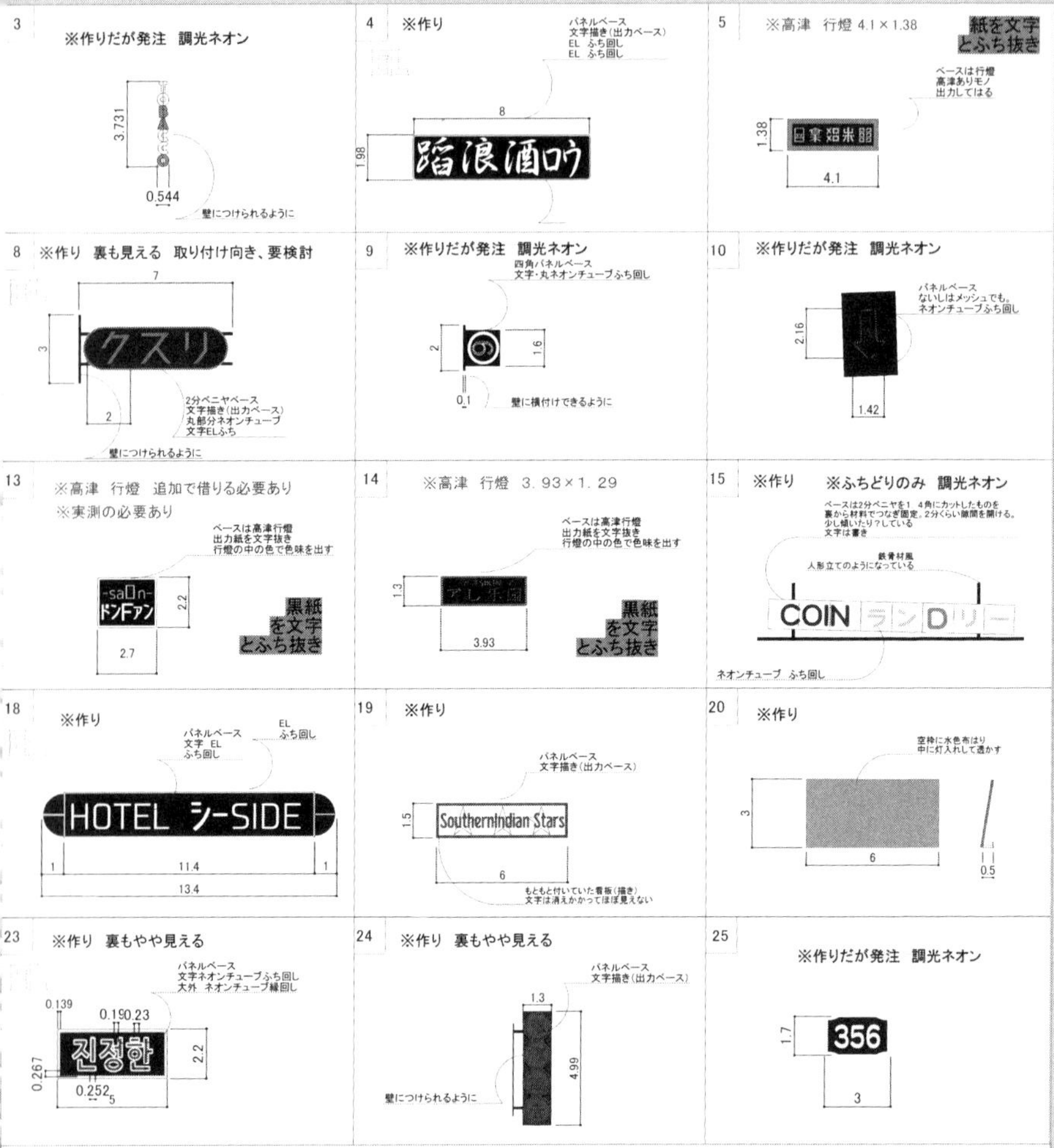

3
※作りだが発注　調光ネオン
3.731
0.544
壁につけられるように
4
※作り
パネルベース
文字描き(出力ベース)
EL　ふち回し
EL　ふち回し
8
1.98
5
※高津　行燈 4.1×1.38
紙を文字
とふち抜き
ベースは行燈
高津ありモノ
出力してはる
1.38
4.1
8
※作り　裏も見える　取り付け向き、要検討
7
3
クスリ
2
2分ベニヤベース
文字描き(出力ベース)
丸部分ネオンチューブ
文字ELふち
壁につけられるように
9
※作りだが発注　調光ネオン
四角パネルベース
文字・丸ネオンチューブふち回し
2
1.6
0.1
壁に横付けできるように
10
※作りだが発注　調光ネオン
パネルベース
ないしはメッシュでも。
ネオンチューブふち回し
2.16
1.42
13
※高津　行燈　追加で借りる必要あり
※実測の必要あり
ベースは高津行燈
出力紙を文字抜き
行燈の中の色で色味を出す
ドンFァン
2.2
2.7
黒紙
を文字
とふち抜き
14
※高津　行燈　3. 93×1. 29
ベースは高津行燈
出力紙を文字抜き
行燈の中の色で色味を出す
1.3
3.93
黒紙
を文字
とふち抜き
15
※作り
※ふちどりのみ　調光ネオン
ベースは2分ベニヤを1　4角にカットしたものを
裏から材料でつなぎ固定。2分くらい隙間を開ける。
少し傾いたり？している
文字は書き
鉄骨材風
人形立てのようになっている
COIN ランDリー
ネオンチューブ　ふち回し
18
※作り
パネルベース
文字　EL
ふち回し
EL
ふち回し
HOTEL シーSIDE
1
11.4
1
13.4
19
※作り
パネルベース
文字描き(出力ベース)
1.5
SouthernIndian Stars
6
もともと付いていた看板(描き)
文字は消えかかってほぼ見えない
20
※作り
空枠に水色布はり
中に灯入れして透かす
3
6
0.5
23
※作り　裏もやや見える
パネルベース
文字ネオンチューブふち回し
大外　ネオンチューブ縁回し
0.139
0.19
0.23
진정한
2.2
0.267
0.252
5
24
※作り　裏もやや見える
パネルベース
文字描き(出力ベース)
1.3
4.99
壁につけられるように
25
※作りだが発注　調光ネオン
1.7
356
3

※0501　検討事項:8番の取り付け向きを、どちら向きにするか、設置の際に検討したい。
8番は形状変更。パネルベースとして18番が追加。

電飾看板デザイン

［稲田美智子］

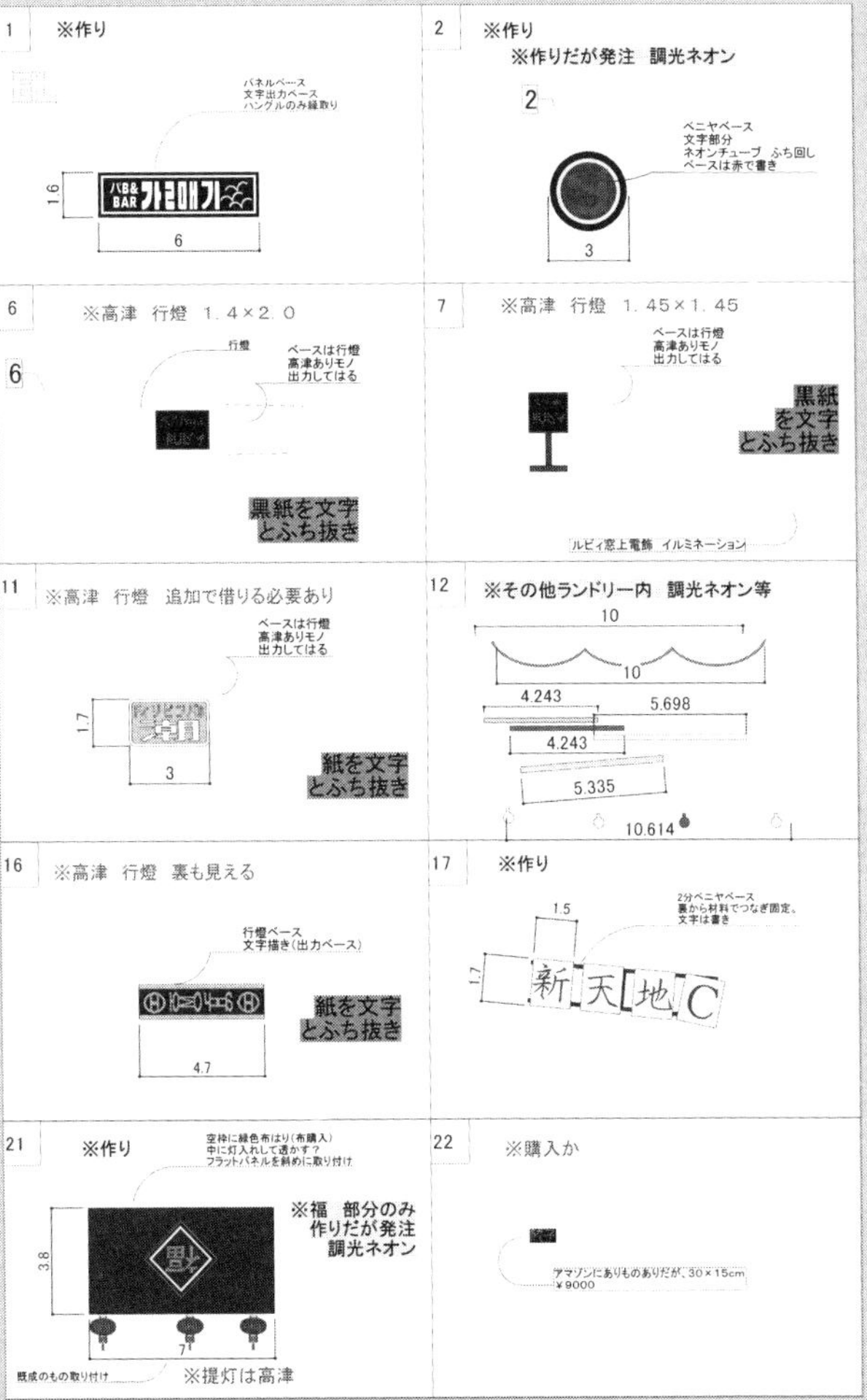
1
※作り
パネルベース
文字出力ベース
ハングルのみ縁取り
バB&
BAR
가르매기
1.6
6
2
※作り
※作りだが発注　調光ネオン
2
ベニヤベース
文字部分
ネオンチューブ　ふち回し
ベースは赤で書き
3
6
※高津　行燈　1.4×2.0
行燈
ベースは行燈
高津ありモノ
出力してはる
6
黒紙を文字
とふち抜き
7
※高津　行燈　1.45×1.45
ベースは行燈
高津ありモノ
出力してはる
黒紙
を文字
とふち抜き
ルビィ窓上電飾　イルミネーション
11
※高津　行燈　追加で借りる必要あり
ベースは行燈
高津ありモノ
出力してはる
1.7
3
紙を文字
とふち抜き
12
※その他ランドリー内　調光ネオン等
10
10
4.243
5.698
4.243
5.335
10.614
16
※高津　行燈　裏も見える
行燈ベース
文字描き（出力ベース）
紙を文字
とふち抜き
4.7
17
※作り
2分ベニヤベース
裏から材料でつなぎ固定。
文字は書き
1.5
1.7
新
天
地
C
21
※作り
空枠に緑色布はり（布購入）
中に灯入れして透かす？
フラットパネルを斜めに取り付け
※福　部分のみ
作りだが発注
調光ネオン
3.8
7
既成のもの取り付け
※提灯は高津
22
※購入か
アマゾンにありものありだが、30×15cm
￥9000

平断面図

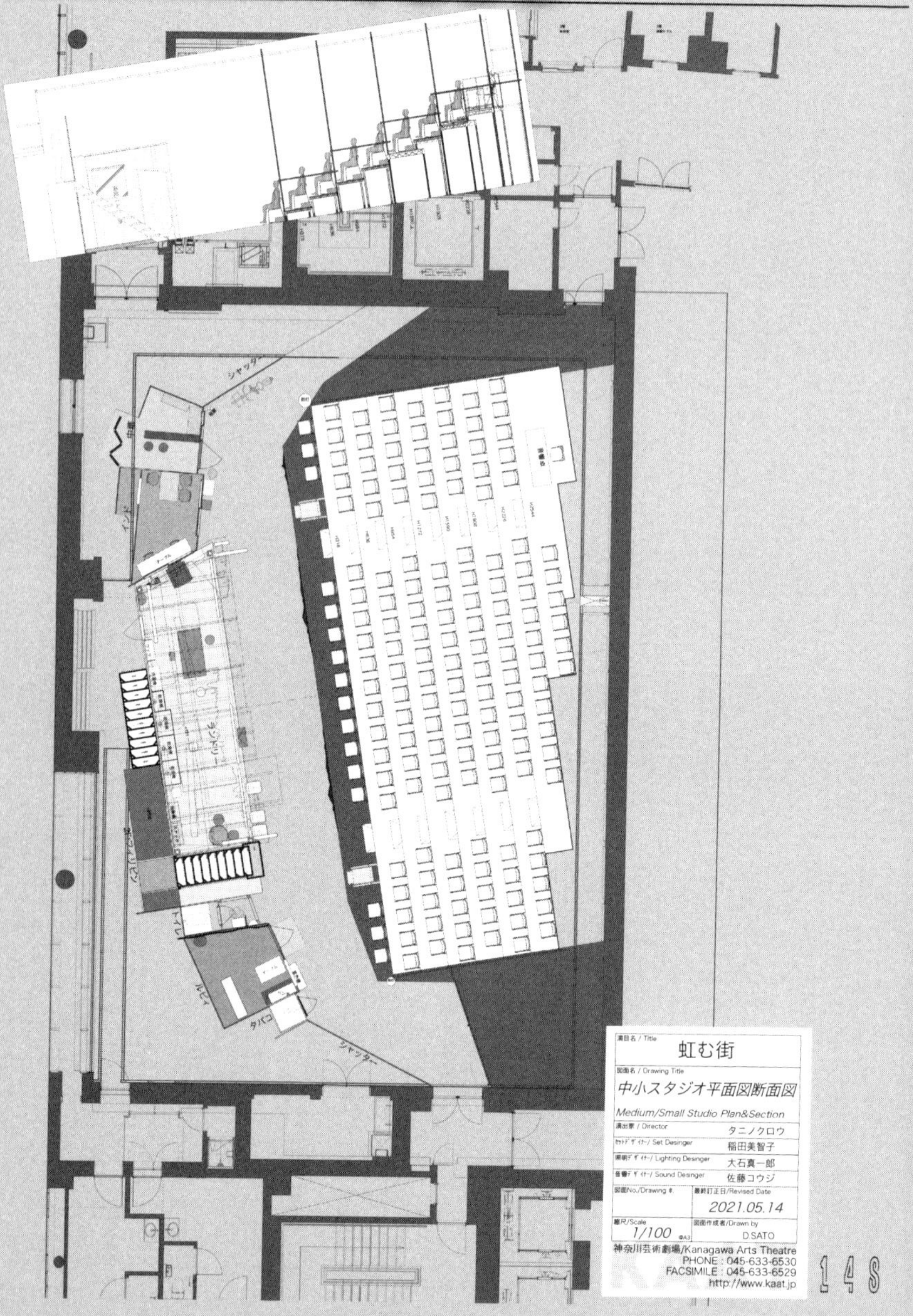
シャッター
シャッター
タバコ
演目名 / Title
虹む街
図面名 / Drawing Title
中小スタジオ平面図断面図
Medium/Small Studio Plan&Section
演出家 / Director
タニノクロウ
ｾｯﾄﾃﾞｻﾞｲﾅｰ/ Set Desinger
稲田美智子
照明ﾃﾞｻﾞｲﾅｰ/ Lighting Desinger
大石真一郎
音響ﾃﾞｻﾞｲﾅｰ/ Sound Desinger
佐藤コウジ
図面No./Drawing #.
最終訂正日/Revised Date
2021.05.14
縮尺/Scale
1/100
図面作成者/Drawn by
D.SATO
神奈川芸術劇場/Kanagawa Arts Theatre
PHONE : 045-633-6530
FACSIMILE : 045-633-6529
http://www.kaat.jp

上演記録

KAAT神奈川芸術劇場プロデュース
『虹む街』

作・演出
タニノクロウ

出演
安藤玉恵　金子清文　緒方晋
島田桃依　タニノクロウ　蘭妖子
ポポ・ジャンゴ／ソウラブ・シング／馬双喜／小澤りか
ジョセフィン・モリ／阿字一郎／アリソン・オパオン／月醬／馬星霏

スタッフ
美術：稲田美智子　照明：大石真一郎　音響：佐藤こうじ　衣裳：富永美夏
演出助手：松本ゆい　舞台監督：瀬戸元哲　制作：井上舞子　小野塚央
宣伝イラスト：森泉岳士　宣伝美術：吉岡秀典　芸術監督：長塚圭史

企画製作・主催：KAAT神奈川芸術劇場
KAAT神奈川芸術劇場〈中スタジオ〉2021年6月6日(日)～6月20日(日)

著者略歴

タニノクロウ［Kuro Tanino］

1976年富山県出身。庭劇団ペニノの主宰、座付き劇作・演出家。セゾン文化財団シニアフェロー（2015年まで）。2000年医学部在学中に庭劇団ペニノを旗揚げ。以降全作品の脚本・演出を手掛ける。ヨーロッパを中心に、国内外の主要な演劇祭に多数招聘。劇団公演以外では、2011年1月には東京芸術劇場主催公演で『チェーホフ？！』の作・演出を担当。狂気と紙一重な美しい精神世界を表現し、好評を得る。2015年3月ドイツにて新作『水の檻』を発表。2016年『地獄谷温泉　無明ノ宿』にて第60回岸田國士戯曲賞受賞。同年、北日本新聞芸術選奨受賞、第71回文化庁芸術祭優秀賞受賞。2019年第36回とやま賞文化・芸術部門受賞。

虹《にじ》む街《まち》

2021年 6月 1日　印刷
2021年 6月25日　発行

著　者© タニノクロウ
発行者　及川直志
発行所　株式会社白水社
電話　03-3291-7811(営業部) 7821(編集部)
住所　〒101-0052 東京都千代田区神田小川町3-24
www.hakusuisha.co.jp
振替　00190-5-33228
編集　和久田賴男(白水社)
印刷所　株式会社理想社
製本所　株式会社松岳社
乱丁・落丁本は送料小社負担にてお取り替えいたします。

ISBN978-4-560-09858-5
Printed in Japan

タニノクロウ

地獄谷温泉　無明ノ宿

日本全国、冷えたこころも温める！　かつて噴火に見舞われた地に、人形遣いの親子が、謎の依頼状を手に迷いこんだ……一夜限りの出来事。第六〇回岸田國士戯曲賞受賞作品。

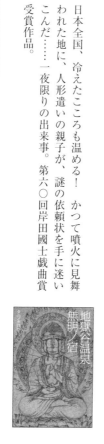